휴먼에세이

행복누리

김이섭 지음

도서출판 신세림

휴먼에세이

행복누리

머리글

    나는 늘 산책을 즐긴다. 걸을 수 있다는 게 고맙고 걸으면서 생각할 수 있다는 게 즐겁기만 하다. 그리고 이처럼 작은 고마움과 즐거움이 진정한 행복이 아닐까 생각해본다.

    우리 모두는 행복을 찾아 나선 방랑자들이다. 그런데 우리는 때로 불행을 행복인 줄 알고 좇기도 하고 때로는 행복에 겨워 행복을 외면하기도 한다. 우리가 찾는 행복은 먼 데 있지 않고 가까운 데 있다. 높은 데 있지 않고 낮은 데 있는 행복, 큰 데 있지 않고 작은 데 있는 행복이 진정 소담스런 행복일 것이다.

    어느 누구도 모든 걸 다 가질 수는 없다. 모든 걸 갖는다고 해서 행복해지는 것도 아니다. 그런데 사람들은 모든 걸 다 가지려고 하고, 그럼으로써 행복해질 수 있다고 믿는다. 부족한 이들이 서로를 채워주는 인생, 바로 이러한 인생이 넘치지도 모자라지도 않는 행복한 인생이라고 믿는다.

나는 물질적인 풍요로움보다 마음의 여유로움이 더 소중하다고 생각한다. 그리고 문명의 혜택을 즐기기보다 인간의 정취를 느끼는 게 더 소중하다고 생각한다. 그래서 우리가 사는 세상은 에어컨 바람보다 부채 바람이 더 살맛나는 세상이어야 한다고 생각한다.

내가 다가가면 세상은 내게로 다가온다. 내가 웃으면 세상은 내게 환한 미소로 화답한다. 내가 행복하면 세상도 그만큼 행복해진다. 마음을 열면 세상이 열린다. 그렇게 세상과 내가 하나가 되는 것이다.

이 책이 행복에 목마른 이에게 시원한 생수가 되었으면 좋겠다. 또한 행복을 찾는 이에게 충직한 길라잡이가 되었으면 하는 바람도 가져본다.

이 책을 기꺼이 펴내주신 신세림 출판사의 이혜숙 사장님, 그리고 이 책을 예쁘고 깔끔하게 만들어주신 편집실 여러분, 특히 이종은 님에게 감사의 인사를 드린다.

불쌍한 이웃 앞에서 자신의 작은 행복마저 부끄럽게 여기셨던 어머님, 그들의 행복한 삶을 위해 평생을 바치신 어머님, 내가 가장 사랑하고 존경했던 어머님께 이 책을 바친다.

김 이 섭

CONTENTS

소담스런 행복을 꿈꾸다

철학이 있는 인생 이야기

긍정의 힘을 믿는다

인간다움을 위하여

VI 더불어 행복한 세상

I

삶이라는 한 글자, 사랑이라는 두 글자

결혼은

결혼은
남자를 남편으로 만들고
여자를 아내로 만든다.

그리고 아이가 태어나면
남자는 아빠로 새롭게 태어나고
여자는 엄마로 새롭게 태어난다.

결혼은
반려자를 또 다른 나로 만드는 것이 아니라
반려자와 더불어 내가 온전하게 거듭나는 것이다.

그리고 반려자가
내 존재의 이유라는 사실을 깨닫는 것이다.

결혼은
서로 다른 허상을 좇는 것이 아니라
서로의 소박한 꿈을 함께 그려내는 것이다.

결혼은
너와 내가 하나가 되고
그렇게 우주가 하나가 되는 것이다.

꿈과 추억

어릴 때는 꿈을 먹고 살고
나이가 들면 추억을 먹고 산다고 한다.

어른이 된 지금,
나는 안다.

추억이 있기에 삶이 더 아름답고 행복하다는 걸.
그리고 그 추억엔 여전히 어린 시절의 꿈이 담겨 있다는 걸.
지금도 우리 가슴이 활화산처럼 뜨겁게 타오르고 있다는 걸.

우린 옛 추억을 찾아 헤매는 하이에나이다.

추억의 책장 너머로
소담스런 꿈을 되찾는 날,

나는 너와 더불어
지난 꿈을 되새기며
오래도록 행복에 젖고 싶다.

남자는 **여자**는 I

남자는 머리로 생각하려고 하고
여자는 가슴으로 느끼려고 한다.

남자는 격렬한 토론을 원하고
여자는 부드러운 대화를 원한다.

남자는 술 있는 분위기를 즐기고
여자는 분위기 있는 술을 즐긴다.

남자는 멀리서 행복을 찾으려고 하고
여자는 가까이서 행복을 찾으려고 한다.

남자는 추억을 되돌리고 싶어 하고
여자는 추억을 되새기고 싶어 한다.

남자는 집밖이 우주라고 생각하고
여자는 집안이 우주라고 생각한다.

남자는 하늘에서 별을 따려고 하고
여자는 하늘의 별을 품으려고 한다.

남자는 자신이 화성에서 왔다고 믿고
여자는 자신이 금성에서 왔다고 믿는다.

남자는 여자는 II

남자는 가정을 휴식처라고 여기고
여자는 가정을 안식처라고 여긴다.

남자는 화려한 일탈을 꿈꾸고
여자는 일상의 행복을 꿈꾼다.

남자는 사랑의 열매를 맛보려고 하고
여자는 사랑의 씨앗을 뿌리려고 한다.

남자는 항상 구속에서 벗어나려고 하고
여자는 가끔 구속에서 벗어나려고 한다.

남자는 먼지를 털어내려고 하고
여자는 먼지를 닦아내려고 한다.

남자는 행운의 여신을 믿고
여자는 운명의 여신을 믿는다.

남자는 큰일도 우연이라고 여기고
여자는 작은 일도 필연이라고 여긴다.

남자는 오늘을 내일처럼 살고 싶어 하고
여자는 내일을 오늘처럼 살고 싶어 한다.

누구나 **시한부** 인생이다

　'오늘 우리가 헛되이 보내는 이 시간이 어제 죽은 이가 그토록 갈망하던 내일' 이라는 말이 있다. 오늘 우리가 살아가는 바로 이 순간이 너무나도 소중한 이유이다.

　누구에게나 1분은 60초, 1시간은 60분이다. 그리고 하루는 24시간이다. 시간은 늘릴 수도 없고 줄일 수도 없다. 그래서 시간이 가장 공평한 건지도 모른다.

　시간이 정해져 있다는 건 그만큼 주어진 시간이 소중하다는 의미이다. 그리고 그 시간을 결코 헛되이 소비해서는 안 된다는 의미이기도 하다. 그래서 오래 사느냐가 중요한 게 아니라 어떻게 사느냐가 더 중요한 것이다.

모든 일에는 마감이라는 게 있다. 논문투고에도 마감일이 있고 입사지원에도 마감일이 있다. 달리기에도 결승점이 있고 기차역에도 종착점이 있다.

남자 화장실에 가면 변기 윗벽에 "아름다운 사람은 머문 자리도 아름답습니다"라는 표어가 붙어 있다. 천상병 시인은 '귀천(歸天)'에서 "이 세상에서 소풍을 끝내는 날, 아름다웠다"고 말할 수 있기를 바랐다.

누구나 시한부 인생이다. 그렇기에 그 인생이 한없이 소중하고 아름다웠으면 좋겠다.

부모는

자식이 뒤척이면
부모는 뜬눈으로 밤을 지새운다.

자식이 눈물을 흘리면
부모는 뜨거운 피눈물을 쏟는다.

자식이 거짓말을 하면
부모는 바보처럼 모르는 척한다.

자식이 불평을 늘어놓으면
부모는 죄인처럼 고개를 숙인다.

자식이 밤늦게 돌아오지 않으면
부모는 불안스레 온 세상을 찾아 헤맨다.

자식이 환하게 웃으면
부모는 바로 이런 게 행복이라고 믿는다.

그리고 이 시간이 영원하기를 기도한다.

사랑은 I

사랑은
움켜쥐는 것이 아니라
자유롭게 놓아주는 것이다.

사랑은
나를 가득 채우는 것이 아니라
온전히 비우는 것이다.

사랑은
손쉽게 부정하는 것이 아니라
언제나 긍정하는 것이다.

사랑은
익숙해지는 것이 아니라
항상 새롭게 느끼는 것이다.

사랑은
열매를 맛보는 것이 아니라
정성스레 싹을 틔우는 것이다.

사랑은
영원을 기약하는 것이 아니라
순간을 영원히 간직하는 것이다.

사랑은
달콤한 잠에 빠져드는 것이 아니라
불면의 밤을 함께 지새우는 것이다.

사랑은 II

사랑은
세상을 향해 달려가는 것이 아니라
서로를 향해 다가가는 것이다.

사랑은
완벽하기를 바라는 것이 아니라
있는 그대로를 받아들이는 것이다.

사랑은
활짝 피어나는 것이 아니라
살포시 머금는 것이다.

사랑은
거칠게 흔들리는 것이 아니라
정겹게 떨리는 것이다.

사랑은
허물을 들춰내는 것이 아니라
눈물로 고이 감싸는 것이다.

사랑은
약삭빠른 것이 아니라
한없이 어리석은 것이다.

사랑은
살아남기 위해 발버둥치는 것이 아니라
기꺼이 함께 파멸하는 것이다.

사랑의 역설

너 때문에 못 산다는 건
너 없이는 못 산다는 말이다.

더 이상 보기 싫다는 건
항상 네가 보고 싶다는 말이다.

이제는 너를 잊겠다는 건
영원히 너를 잊지 않겠다는 말이다.

너 같은 사람은 처음 봤다는 건
그만큼 네가 특별한 존재라는 말이다.

사람들이 너를 멍청한 놈이라고 하는 건
네가 사랑에 눈이 멀었기 때문이다.

세상에서 소중한 건 모두 공짜다

우리가 매일 들이마시는 공기와 물, 그리고 온누리를 비추는 햇빛은 모두 공짜다. 물론 부모님의 사랑도 공짜다. 이들의 공통점은 무한함과 너그러움이다.

경제에는 희소성의 원칙이라는 게 있다. 많이 존재하는 것보다는 적게 존재하는 것이 희소가치가 있기 때문에 더 비싸기 마련이다. 만약 이 세상이 모두 다이아몬드로 뒤덮여 있고 자갈이나 조약돌을 찾아보기 힘들다면, 아무도 다이아몬드를 거들떠보려고 하지 않을 것이다. 그 대신에 모두 자갈이나 조약돌을 얻기 위해 혈안이 되어 돌아다닐 것이다.

인간은 나이가 들면 고향을 찾는다. 행복했던 어린 시절을 떠올리며 고향의 푸른 잔디를 밟고 싶어 한다. 귀소본능은 자연의 섭리이고 인간의 본능이다.

우리가 여행을 즐길 수 있는 건 돌아갈 수 있는 가정이 있기 때문이다. 언제라도 나를 반겨주는 곳, 내가 편히 쉴 수 있는 곳이 바로 가정이다.

행복은 먼 데 있는 것이 아니라 가까운 데 있다. 그리고 그 행복은 공짜이다. 공짜이기 때문에 소중하지 않은 것이 아니라 오히려 공짜이기 때문에 더더욱 소중한 것이다.

잃어버린 것들을 찾아서

우리는 살아가면서 너무 많은 걸 잃는다.
몰라서 잃어버리기도 하고 알면서 잃어버리기도 한다.

있을 땐 귀찮아하다가도 없어지면 아쉬워하는 게 세상의 이치다.

고향을 잃어버린 사람도 있고 추억을 잃어버린 사람도 있다.
양심을 잃어버린 사람, 상식을 잃어버린 사람도 있다.

청춘을 잃어버린 사람은 더 이상 젊은이가 아니며
우정을 잃어버린 사람은 더 이상 친구일 수 없다.

꿈을 잃어버린 사람은 인생을 꿈꿀 수 없고

노래를 잃어버린 사람은 낭만을 노래할 수 없다.

전쟁의 상처를 잊고서는 평화를 염원할 수 없고
패배의 아픔을 잊고서는 승리를 쟁취할 수 없다.

좌절의 시간을 잊으면 또 다시 주저앉을 수밖에 없고
방황의 시간을 잊으면 또 다시 헤맬 수밖에 없다.

사랑을 잃는다는 건 사랑의 소중함을 잊기 때문이다.
건강을 잃는다는 건 건강의 소중함을 잊기 때문이다.

이제라도 망각의 늪에서 벗어나야 한다.
그리고 더 늦기 전에 잃어버린 것들을 찾아 나서야 한다.

비록 잃어버린 시간을 찾지는 못한다고 해도
잃어버린 행복의 편린(片鱗)을 찾을 수는 있지 않을까.

홀로서기와 **함께** 서기

어린 아기가 홀로 서기 위해 버둥거리는 모습은 실로 눈물겹기까지 하다. 그래서 처음으로 홀로 내딛는 발걸음이 그토록 위대한 건지도 모른다.

그렇게 우리는 모두 걸음마를 배운다.

성인이 된 뒤로
우리는 새로운 세상을 향해
다시금 걸음마를 배운다.

그리고 어린 시절에 그러했듯이
혹독한 홀로서기 연습에 들어간다.

그리고 마침내 홀로서기에 성공한다.

그런데 놀랍게도 인생은 홀로서기만이 아니었다.

오롯이 함께 서는 걸 배워야 했다.
홀로서기보다 함께 서기가 더 어렵다는 걸 깨달아야 했다.

그래서 함께 서기 위해 다시금 걸음마를 시작해야 했다.

이제는 안다.

함께 있을 때는 홀로 있을 날을 준비하고
홀로 있을 때는 함께 있을 날을 기약해야 한다는 것을.

함께 설 줄 알아야 진정으로 홀로 설 수 있는 것이고
그럼으로써 비로소 인생의 걸음마가 완성되는 것이다.

Ⅱ

소담스런 행복을 꿈꾸다

걷기가 건강이다

화창한 봄날에 걷는다는 건 행복한 일이다. 걷기를 좋아하는 사람은 푸르른 여름날에도 걷고 낙엽 진 가을날에도 걷는다. 눈 덮인 겨울날에는 옷깃을 여미고 걸으면 그만이다.

꾸준한 걷기 습관이 장수의 비결이라고 한다. 트루먼 대통령도 케네디 대통령의 어머니 로즈 여사도 노년에 이르기까지 즐겨 걸었다고 한다. 미국의 알렉산더 리프 박사는 장수한 사람들 대부분이 걷는 걸 습관으로 하는 사람들이라는 사실을 밝혀냈다. 누구라도 오래 살고 싶으면 걸어야 한다.

인간은 다른 동물과 달리 직립 보행을 한다. 그래서 그런지 발의 혈관이나 신경은 두뇌와 내장에 밀접하게 연결되어 있다. 발에 힘이 빠지면 노화도 그만큼 빨라지게 된다.

그런데 우리는 조금 덜 걷고 조금 더 오래 자동차를 타려고 한다. 예전에 "5분 먼저 가려다 50년 먼저 간다"는 교통안전 표어를 본 적이 있다. "자동차를 5분 오래 타려다 50년 먼저 간다"고 하면 지나친 말일까.

캐나다의 운동생리학자 셰퍼드 박사는 안내양보다 버스운전사가, 우편배달부보다 우체국직원이 심장병에 걸릴 확률이 훨씬 더 높다는 연구결과를 발표하기도 했다.

걷기가 우리 몸에 얼마나 좋은지는 이미 널리 알려져 있다. 뛰는 것도 좋지만 걷는 게 더 좋다. 워킹(walking)과 하이킹(hiking), 트레킹(trekking) 모두 '건강의 왕(king)'이다.

걸으면서 생각을 정리할 수도 있고 마음을 추스를 수도 있다. 내가 걷는다는 건 내가 살아 있다는 증거이다.

나는 더 이상 걸을 수 없는 날까지 마음껏 걷고 싶다. 들길이나 산길을 걸으며 자연을 만끽하고 싶고 산책로를 걸으며 수많은 사람들과 마주치고 싶다.

그리고 그들과 행복을 나누고 싶다. 걸을 수 있는 사람만이 느낄 수 있는 행복 말이다.

내 이름은 **행복**입니다

내 이름은 건강입니다.

사람들은 평소엔 나한테 눈길 한 번 주지 않다가 아플 때만 나를 찾습니다.

내 이름은 추억입니다.

사람들은 외로울 때면 예전에 나와 함께 했던 시간들을 떠올립니다.

내 이름은 성공입니다.

사람들은 실패할 때마다 내 이름을 소리 높여 부릅니다.

내 이름은 용서입니다.

사람들은 서로 다투다가도 내가 나타나기만 하면 갑자기 잠잠해

집니다.

내 이름은 희망입니다.
사람들은 절망의 나락에서 필사적으로 나를 붙들려고 합니다.

내 이름은 사랑입니다.
사람들은 언제나 어디서나 내 이름을 부드럽게 속삭입니다.

내 이름은 영원입니다.
사람들은 순간이 모여 하늘에 닿으면 내가 된다고 말합니다.

내 이름은 행복입니다.
사람들은 불행을 참고 견디면 언젠가는 내가 나타날 거라고 믿습니다.

내 이름은 행복입니다.
그리고 나의 또 다른 이름은 믿음입니다.

돈으로 살 수 없는 행복

중국 속담에 이런 이야기가 있다.

"돈으로 집을 살 수는 있지만, 가정을 살 수는 없다.
돈으로 침대를 살 수는 있지만, 잠을 살 수는 없다.
돈으로 지위를 살 수는 있지만, 존경을 살 수는 없다.
돈으로 책을 살 수는 있지만, 지혜를 살 수는 없다.
돈으로 시계를 살 수는 있지만, 시간을 살 수는 없다.
돈으로 쾌락을 살 수는 있지만, 사랑을 살 수는 없다."

우린 돈으로 모든 걸 다 살 수 있다고 믿는다. 어릴 때부터 '돈이면 안되는 게 없다'는 말을 듣고 자란다. 그래서 수단과 방법을 가리지 않고 돈을 벌려고 애를 쓴다. 우리가 열심히 공부하는 것도 결국에는 좋은 대학을 나와 유망한 기업에 취직해 돈을 벌기 위해서이다.

그런데 과연 돈으로 모든 걸 다 살 수 있을까. 우리 모두는 돈으로 행복을 살 수 있다는 착각 속에 살아가고 있는 건 아닐까.

여기서 우리가 잊지 말아야 할 게 있다. 그것은 돈이 수단일 뿐, 결코 목적이 될 수 없다는 사실이다. 돈이 목적이 되는 순간, 돈은 갑자기 돌변해 우리의 목을 조르고 우리를 옭아매기 시작한다.

고급 승용차를 타고 다녀도 운전규칙을 제대로 지키지 않으면 난폭 운전자일 뿐이고, 아무리 좋은 컴퓨터를 사용한다 하더라도 에티켓을 지키지 않는 네티즌은 야만의 시대를 사는 것이나 다름없다. 상도(商道)를 지키지 않는 장사꾼은 결코 존경받을 수 없다.

돈은 어떻게 버느냐보다 어떻게 쓰느냐가 더 중요하다. 돈의 씀씀이에 그 사람의 됨됨이가 나타나기 때문이다.

총을 든 사람이 아무데서나 총을 쏜다면 얼마나 위험하겠는가. 돈을 쓰는 사람이 아무렇게나 돈을 쓴다면 이 또한 위험하기는 마찬가지일 것이다.

밥은 지나치게 먹는 것보다 모자란 듯이 먹는 것이 건강에 이롭고, 지나치게 많이 자는 것보다 조금 적게 자는 것이 부지런한 사람에게 어울린다. 돈을 많이 가진 사람은 그만큼 걱정도 많아지고 불안도 커지기 마련이다.

돈으로 행복을 살 수는 없다. 하지만 돈으로 불행을 살 수는 있다.

세상에서 가장 고귀한 물

세상에는 소중한 금이 세 개 있다고 한다. 하나는 황금이고 다른 하나는 소금이며 마지막 하나는 지금이다. 지금은 다시는 돌아오지 않는 시간이다. 오늘을 열심히 살지 않으면서 행복한 내일을 바랄 수는 없다.

세상에서 가장 고귀한 물은 무엇일까. 눈물이다. 인간 내면의 깊은 샘에서 흘러나오는 눈물은 자아연민을 넘어 카타르시스에 이르게 한다. 눈물을 통해 일체감도 생기고 용서와 화해도 가능해진다. 눈물은 상처받은 이들과 고통 받는 이들을 감싸고 어루만져준다.

그렇다면 세상에서 가장 아름다운 소리(音)는 무엇일까. 웃음이다. 방긋 웃는 웃음도 있고 까르르 웃는 웃음도 있다. 가볍게 키득거리며 웃는 까투리웃음도 있고 크게 소리 내어 웃는 너털웃음도 있다. 수다스럽게 떠벌리며 웃는 너스레웃음도 있고 살포시 눈을 움직여 웃는 눈웃음도 있다. 웃음이 넘치는 가정은 행복한 가정이며 웃음을 나눌 수 있는 사회는 행복한 사회이다.

살다 보면 나도 모르게 얼굴을 찌푸릴 때가 있다. 그때마다 '왜 사냐건 웃지요'라는 시구(詩句)를 떠올려보자. 어차피 살아야 할 인생이라면 웃으면서 사는 게 좋지 않겠는가. '웃으면 복이 온다'는 말도 있지 않은가.

세상에서 가장 고귀한 눈물을 흘릴 수 있고 세상에서 가장 아름다운 웃음을 웃을 수만 있다면 부러울 게 무엇이 있겠는가.

인생은 그렇게 살아가야 한다

인생은
작은 떨림에도
큰 울림으로 반기는 메아리처럼
그렇게 살아가야 한다.

인생은
온갖 시련에도
언제나 다시금 일어서는 오뚝이처럼
그렇게 살아가야 한다.

인생은
높은 지위에도

한없이 자신을 낮추는 자세로
그렇게 살아가야 한다.

인생은
작은 일에도
늘 감사하는 마음으로
그렇게 살아가야 한다.

인생은
자신의 짐을 남에게 떠넘기지 않고
기꺼이 남의 짐을 지려는 각오로
그렇게 살아가야 한다.

인생은
사랑받고 있다는 행복감보다
사랑하고 있다는 행복감에 겨워
그렇게 살아가야 한다.

인생은 소꿉장난이다

누구나 어릴 때는 소꿉장난을 즐겨 한다. 소꿉놀이에서는 언제라도 자유로이 변신을 꿈꿀 수 있다. 때로는 의사와 간호사가 되기도 하고 때로는 선생과 학생이 되기도 한다.

아이들에게 소꿉놀이는 행복의 자발적인 공동체이다. 하지만 현실은 소꿉장난과는 사뭇 다르다. 하기 싫어도 해야 할 때가 있고, 하고 싶은 일도 참아야 할 때가 있다.

그런데 만일 인생이 놀이와 같다면 어떨까. 인생이 놀이라면 마냥 즐거울 수 있을까. 내가 일하는 직장이 놀이터이고 내가 하는 일이 놀이의 연장이라면 어떨까.

어쩌면 우리 모두는 소꿉놀이를 함께 하는 '놀이동무'인지도 모른다. 아이들의 놀이와는 달리 어른들의 놀이에는 정해진 시간과 규칙, 주어진 역할이 있다. 그리고 모두가 지켜야 할 사회적 규범이 있을 뿐이다.

소꿉놀이처럼 우리가 사는 인생이 마지못해 사는 게 아니라 기꺼이 사는 인생이었으면 좋겠다. 우리 모두가 인생을 소꿉놀이라고 생각하며 살아간다면 좀 더 즐겁고 행복해질 수 있지는 않을까.

인생의 걸음마

인간은 누구나 걸음마를 배운다. 인간은 태어난 지 1년쯤 지난 뒤에 걸을 수 있다. 그런데 걸음마를 배우는 건 인간만이 아니다. 대부분의 동물들은 사슴이나 말처럼 태어난 지 얼마 되지 않아 걷는다. 바다거북의 새끼들도 알에서 깨어나기가 무섭게 모래를 비집고 나와 바다를 향해 기어간다.

어린 아이가 걸음마를 뗐다는 건 이제부터 남에게 의존하지 않고 혼자 걸을 수 있다는 의미이다. 운전자가 운전면허증을 취득했다는 건 자신이 가고 싶은 곳을 혼자서 안전하게 갈 수 있다는 의미이다. 미용사가 미용 자격증을 취득했다는 건 자신이 책임지고 손님의 머리를 손질할 수 있다는 의미이다. 학자가 박사학위를 취득했다는 건 지도교수의 도움 없이 스스로 진리탐구에 정진할 수 있다는 의미이다.

그런데 걸음마를 익힌 인간이 걷기를 포기한 채 앉아 있기만 하면 앉은 뱅이가 되고 만다.

우리는 걸어야 한다. 우리에게 걸을 수 있는 힘이 남아 있는 한, 우리는 앞으로 나아가야 한다.

걷는다는 것은 내가 살아 있다는 의미이며, 또한 걷는다는 것은 내가 인생을 그만큼 사랑하고 있다는 의미이기도 하다.

일확천금을 꿈꾸다

동서양을 막론하고 로또에 당첨된 사람들 가운데 행복해진 사람은 단한 명도 없다.

오스트리아의 어느 억만장자는 돈 때문에 자신이 불행해졌다면서 자신이 소유한 전 재산을 자선단체에 기부했다고 한다. 그리고 화려한 저택에서 나와 초라한 단칸방으로 이사를 했다는 것이다.

'로또꾼' 들은 일확천금을 통해 행복을 얻으려고 하지만 결국에는 불행으로 막을 내리는 경우가 대부분이다. 부부가 당첨금 분배 문제로 다투다가 헤어지기도 하고 사기꾼에게 속아 전 재산을 탕진하기도 한다. 알코올중독이나 마약중독에 걸리기도 하고 우울증에 걸리기도 한다. 도박에 빠져 빈털터리가 되는 사람들도 있다. 그래서 정신병원에 입원하는 경우도 있고 스스로 목숨을 끊는 경우도 생긴다.

이쯤 되면 로또 당첨은 행복의 시작이 아니라 불행의 시작인 셈이다. 장밋빛 인생을 약속할 것만 같았던 '돈벼락'이 졸지에 행복을 앗아가는 '날벼락'이 되고 마는 것이다.

재물과 행복 간의 상관관계는 정비례하는 게 아니라 반비례하는 경우가 더 많다. 그렇기 때문에 일확천금을 꿈꾸기보다는 열심히 땀을 흘려 일하고 착실하게 살아야 하는 것이다.

당신은 불행의 씨앗인 로또에 아직도 미련이 남아 있는가. 그 미련을 떨쳐내지 못한다면 당신은 이 세상에서 가장 미련한 사람일지도 모른다.

자, 이제부터라도 땀으로 일궈낼 수 있는 행복의 씨앗을 함께 뿌리도록 하자.

티끌 모아 태산

인간은 자신이 좋아하는 물품을 즐겨 모은다. 그리고 자신이 좋아하는 물품이 늘어날수록 더 큰 성취감을 얻게 된다. 돼지 저금통에 동전이 쌓여갈 때면, 마일리지나 적립 포인트가 늘어날 때면 왠지 기분이 좋아진다.

누구는 곤충을 수집하기도 하고 누구는 우표를 수집하기도 한다.
그림을 수집하는 사람도 있고 수석을 수집하는 사람도 있다.
어떤 사람은 전국을 떠돌며 골동품을 수집하기도 한다.

우리 속담에 '티끌 모아 태산'이라는 말이 있다. 가랑비에 옷이 젖을 수도 있고 떨어지는 낙수에 바위가 파일 수도 있다. 작은 물방울이 모여 강을 이루고 강이 흘러 바다를 이루게 된다.

이처럼 웃음이 모이면 기쁨이 되고 기쁨이 모이면 행복이 된다.
반대로 눈물이 모이면 슬픔이 되고 슬픔이 모이면 불행이 된다.

우리에게는 기뻤던 순간, 아름다웠던 순간, 정겨웠던 순간들이 있다.
모두 다 소중한 순간들이고 행복한 순간들이다.

그런데 행여 우리는 불행했던 순간들을 수집하는 데 익숙해 있는 건 아
닐까. 우리가 행복했던 순간들을 너무 쉽게 잊고 있는 건 아닐까.

행복한 사람은 행복했던 순간들을 수집하는 사람이다.

파랑새

벨기에의 작가 마테를링크가 쓴 '파랑새'라는 동화극이 있다. 가난한 나무꾼의 자녀인 치르치르와 미치르는 크리스마스이브에 꿈을 꾼다. 꿈 속에서 늙은 마녀가 파랑새를 찾아달라고 두 남매에게 부탁을 한다. 그래서 남매는 파랑새를 찾기 위해 추억의 나라와 미래의 나라로 떠난다. 하지만 성공을 거두지 못한 채 집으로 돌아온다. 그리고 그 꿈에서 깨어난 남매는 집에서 기르는 비둘기가 파랗다는 사실을 깨닫는다.

이 작품은 인간의 행복이 먼 데 있지 않고 바로 가까이에 있다는 걸 보여준다.

그런데 지금 우리 곁에 파랑새는 있는가.
그렇지 않다면 우리의 파랑새는 어디로 날아갔는가.

그대에게 파랑새는 무엇인가.

파랑새는 나의 조국, 나의 민족이다.
파랑새는 나의 부모, 나의 형제이다.

파랑새는 내가 숨 쉬는 공기, 내가 마시는 물이다.
파랑새는 내가 부르는 노래, 내가 나지막이 읊조리는 시(詩)이다.
파랑새는 내가 건너는 징검다리, 내가 부여잡은 난간이다.

파랑새는 어린 시절의 술래잡기, 즐거운 소꿉놀이이다.
파랑새는 흐르는 세월, 고이 간직할 추억이다.

파랑새는 달콤한 입맞춤이고 뜨거운 열정이다.
파랑새는 하늘의 별이고 바다의 모래알이다.

파랑새는 벌과 나비이고 또한 꽃과 향기이다.
파랑새는 고마운 이들이고 또한 반가운 이들이다.
파랑새는 바람과 구름이고 또한 햇빛과 그늘이다.

파랑새는 내가 매일 마주치는 이웃이고 내가 매일 내딛는 발걸음이다.

파랑새는 언제나 우리 곁에 있었고 지금도 우리 곁에 있는 일상의 행복
이다.

행복과 불행은 동전의 **양면**이다

불행을 경험해보지 못한 사람이 진정 행복을 이야기할 수 있을까.
좌절을 경험해보지 못한 사람이 진정 희망을 품을 수 있을까.
슬픔을 경험해보지 못한 사람이 진정 기쁨을 누릴 수 있을까.

아파본 사람만이 건강의 소중함을 알고 헤어져본 사람만이 만남의 소
중함을 안다. 그리고 실직을 당해본 사람만이 일의 소중함을 안다.

그래서 전쟁을 겪은 세대가 평화를 염원하는 것이고 갈등을 겪은 세대
가 화합을 기원하는 것이며 배고픔을 겪은 세대가 풍요로움을 소망하는
것이다.

행복과 불행은 동전의 양면이다. 야누스의 얼굴처럼 절대적인 행복도

절대적인 불행도 존재하지 않는다.

  행복한 사람은 불행을 경험한 사람이다. 진정 행복하기를 원한다면 불
행을 두려워하지 말아야 한다.

  행복은 불행을 맛보며 자라고 불행은 행복을 키우며 늙어간다.

행복은 **가까이**에 있다

    한적한 바닷가에서 평화롭게 살아가는 어부가 있다. 어느 날 투자 상담사가 찾아와 그에게 조언을 해준다. 고기를 많이 잡으려면 큰 그물을 사야하고, 고기가 많은 어장으로 가려면 큰 배를 사야하고, 잡은 고기를 모두 내다 팔려면 큰 트럭을 사야한다고 말한다. 그리고 큰돈을 벌려면 유망한 해운회사 주식에 투자를 해야 한다고 일러준다.

    그러자 어부가 묻는다. 왜 그렇게 해야 하냐고. 상담사가 대답한다. 노후에 편안하고 행복한 삶을 살기 위해서라고. 어부는 말한다. 지금 나는 그런 삶을 살고 있노라고.

    상담사의 조언대로라면 어부는 확실하지도 않은 미래의 행복을 위해 지금의 행복을 버려야 하는 모순에 빠지게 된다.

우리는 때로 불행을 행복인 줄 알고 무작정 좇기도 한다. 때로는 행복에 겨운 나머지 매정하게 행복을 내쫓기도 한다.

행복은 먼 데서가 아니라 가까운 데서 찾아야 한다.
행복은 높은 데서가 아니라 낮은 데서 찾아야 한다.
행복은 큰 데서가 아니라 작은 데서 찾아야 한다.

행복은 결코 화려하거나 호사롭지가 않다.
따뜻한 한 잔의 커피와 다정한 말 한 마디.
그리고 간간이 들려오는 아이들의 웃음소리.

그토록 소박한 삶이 바로 행복인 것이다.

행복의 눈

예전에는 나만의 눈으로 세상을 보았다.
내 눈에 비친 세상이 전부였다.

얼마 뒤에는 안경을 끼기 시작했다.
안경을 끼자 세상이 좀 더 분명하게 보였다.

망원경으로는 멀리 있는 걸 볼 수 있게 되었고
현미경으로는 아주 작은 걸 볼 수 있게 되었다.

이렇게 세상은 한층 더 잘 보이게 되었지만
행복을 찾는 건 더욱 더 힘들어졌다.

아, 그렇다.
그동안 나는 육신의 눈만 크게 뜬 채
마음의 눈은 감고 있었던 것이다.

행복은 멀리 있지도 않았고
몰래 숨어 있지도 않았다.

그동안 행복이 나를 외면했던 게 아니라
내가 행복을 외면했던 것이다.

마음을 열면 행복의 눈이 열린다.
행복의 눈은 행복을 보는 눈이다.

행복지수

영국의 여성 심리학자 캐럴 로스웰과 인생상담사 피트 코언이 개발한 '행복지수' 라는 게 있다. 공식은 '행복=P+(5×E)+(3×H)' 이다. 여기서 P(Personal)는 인생관이나 사회 적응력과 같은 개인적 특성을 일컫는다. E(Existence)는 건강이나 금전과 같은 생존의 기본요소를 가리키고, H(Higher order)는 개인의 자존심이나 야망 등과 같은 고차원적인 욕구를 가리킨다고 한다.

그런데 참으로 놀라운 사실은 방글라데시나 부탄, 인도네시아, 인도 등과 같은 나라들이 행복지수에서 상위를 차지하고 있다는 점이다. 즉, 경제의 후진국들이 오히려 행복의 선진국이라는 것이다.

우리나라는 행복지수를 통해 볼 때 그다지 행복하지가 않다. 양극화로

인한 상대적 박탈감이 가장 큰 원인이라는 전문가들의 진단도 있다. 우리는 경제적인 면에서는 선진국일지 모르지만 행복에 있어서는 여전히 후진국이다. 아니, 경제가 발전할수록 오히려 더 불행해지고 있는지도 모른다.

행복은 권력이나 명예에 비례하지 않는다. 재산에 비례하지도 않는다. 행복은 물질적인 풍요로움이나 사회적인 지위와 동일시되기를 거부한다.

부탄에 사는 사람들이 우리보다 행복할 수 있는 건 불행마저도 기꺼이 받아들이려는 마음 때문은 아닐까. 고통을 통해 오히려 더 행복해질 수 있다는 믿음 때문은 아닐까.

내가 배고파도 행복할 수 있는 건 언젠가는 주린 배를 채울 수 있다는 믿음이 있기 때문이다. 내가 아파도 행복할 수 있는 건 언젠가는 건강을 다시 되찾을 수 있다는 믿음이 있기 때문이다.

자연과 운명에 순응하는 사람은 모든 일에 감사하고 모든 일에 행복할 수 있다. 이 세상에 내가 존재하고 있다는 사실만으로도 이미 나는 행복한 사람이 아닐까.

Ⅲ

철학이 있는 인생 이야기

고르기와 **엮기**

모든 문화행위의 기본은 고르기와 엮기라고 할 수 있다.

우리는 이야기할 때 적절한 단어를 고르고 문장구조에 맞춰 대화를 엮어나간다. 연애를 할 때도 마음에 드는 이성을 고른 뒤에 함께 사랑을 엮어나간다.

'구슬이 서 말이라도 꿰어야 보배' 라는 속담이 있다. 아무리 좋은 것이라도 정성을 기울여 다듬지 않는다면 무용지물이 될 수도 있다.

인생에서 중요한 것은 고르는 것이다. 그리고 고르는 것보다 더 중요한 것은 엮는 것이다. 골라 놓기만 하고 제대로 엮지 않는 사람은 무책임한 사람이다.

우리는 자신이 고른 것에 대해 책임을 질 줄 알아야 한다. 그리고 잘 엮기 위해 힘써 노력해야 한다.

인생은 고르기와 엮기의 연속이다. 인생의 목표를 잘 고르고 인생을 잘 엮어나간다면 행복은 자연스레 찾아오지 않겠는가.

내가 하면 덕담, 남이 하면 험담

내가 하면 덕담이고 남이 하면 험담이다.

내가 하면 투자이고 남이 하면 투기이다.

내가 하면 집념이고 남이 하면 집착이다.

내가 하면 구상이고 남이 하면 공상이다.

내가 하면 놀이이고 남이 하면 노름이다.

내가 하면 소비이고 남이 하면 낭비이다.

내가 하면 선물이고 남이 하면 뇌물이다.

내가 하면 지조이고 남이 하면 고집이다.

내가 하면 참여이고 남이 하면 간섭이다.

내가 하면 타협이고 남이 하면 담합이다.

내가 하면 토론이고 남이 하면 논쟁이다.

내가 하면 조언이고 남이 하면 훈수이다.

내가 하면 호탕한 것이고 남이 하면 방탕한 것이다.

내가 하면 겸손한 것이고 남이 하면 비굴한 것이다.

내가 하면 여유로운 것이고 남이 하면 게으른 것이다.

내가 하면 선한 것이고 남이 하면 선한 척하는 것이다.

내가 하면 시비를 가리는 것이고 남이 하면 시비를 거는 것이다.

내가 하면 선견지명이 있는 것이고 남이 하면 선입견에 사로잡힌 것이다.

모방과 **모범**

갓 태어난 아이는 부모의 목소리를 듣고 부모의 말을 따라 하게 된다. 그리고 어린이들은 소꿉놀이를 하며 어른들의 세계를 모방한다.

따지고 보면, 비행기의 날개도 새의 날개를 모방한 것이고 배의 유선형과 부력도 물고기를 모방한 것이다. 사진기의 암실구조도 인간의 눈을 모방한 것이고 칼이나 망치, 도끼 등도 인간의 신체를 모방한 것들이다. 컴퓨터 공학이나 정보기술에서는 컴퓨터가 인간의 지능적인 행동을 모방할 수 있게 만든 장치를 인공지능이라고 일컫는다.

이처럼 모든 창조는 모방에서 비롯된다. 자식은 부모를 따라 하게 마련이고 동생은 형을 따라 하게 마련이다. 제자는 스승을 따르고 후배는 선배를 따르기 마련이다. 그래서 앞서 가는 사람의 걸음걸이가 중요하고 먼저 하는 사람의 행동거지가 중요한 것이다.

눈 덮인 들판을 앞서 가는 사람이 비틀거리며 걸어가면 뒤를 따르는 사람이 제대로 걸을 수 있겠는가.

스승은 제자에게 모범을 보이고 제자는 스승을 모범으로 삼는다.
선배는 후배에게 모범을 보이고 후배는 선배를 모범으로 삼는다.

그러기에 훌륭한 스승에게서 훌륭한 제자가 생겨나는 법이고 훌륭한 부모에게서 훌륭한 자녀가 생겨나는 법이다.

또한 그러기에 자식을 탓하기에 앞서 부모 스스로 모범이 되도록 힘써야 하고 학생을 탓하기에 앞서 선생 스스로 모범이 되도록 노력해야 하는 것이다.

모방은 모범을 필요로 한다. 그리고 모범은 모방을 창조로 이끈다.

산토끼의 **반대말**

산토끼의 반대말은 무엇일까.

누구는 단어를 뒤집어 '끼토산' 이라고도 하고 누구는 '집토끼' 라고도 한다. '죽은 토끼' 라고 하는 사람도 있고 '판 토끼' 라고 하는 사람도 있다. 화학과 접목시켜 '알칼리 토끼' 라고 말하는 사람도 있다.

중국집 주인의 아들에게는 보통의 반대말이 '곱빼기' 라는 우스갯소리도 있다.

그렇다면 남성의 반대말은 무엇일까. 여성의 반대말은 또 무엇일까. 과연 남성의 반대말이 여성이고 여성의 반대말이 남성일까.

남성과 여성은 대척점에 서 있는 성이 아니라 동일점에 서 있는 성이
다.

　　남성과 여성은 서로에게 등을 돌리는 성이 아니라 서로를 향해 나아가
는 성이다.

　　남성과 여성은 홀로 존재하는 성이 아니라 함께 어우러지는 성이다.

　　남성과 여성은 반의어(反義語)가 아니라 동의어(同義語)인 것이다.

스펀지, 스프링, 스위치, 그리고 **필터**

세상에는 네 종류의 인생이 있다.

스펀지처럼 무조건 빨아들이는 인생이 있고
스프링처럼 마구 튀어 오르는 인생이 있고
스위치처럼 새로이 바꿔주는 인생이 있다.
그리고 필터처럼 차분히 걸러내는 인생이 있다.

스펀지 인생은 포용을 규범으로 삼고
스프링 인생은 저항을 규범으로 삼고
스위치 인생은 개혁을 규범으로 삼는다.
그리고 필터 인생은 지혜를 규범으로 삼는다.

만일 우리가

스펀지처럼 겸허하게 받아들일 수만 있다면

스프링처럼 의연하게 맞설 수만 있다면

스위치처럼 새롭게 거듭날 수만 있다면

필터처럼 지혜롭게 헤아릴 수만 있다면

무엇을 두려워하겠는가.

아무도 인생을 가르쳐주지 않는다

독일의 노벨문학상 수상작가인 하인리히 뵐은 이렇게 말한다. "우리는 사는 법을 배우지 않는다. 가정에서도 그렇고 학교에서도 그렇다."

뵐이 말한 것처럼 아무도 우리에게 인생을 가르쳐주지 않는다. 그래서 인생이 무엇인지, 왜 인생을 살아야 하는지, 그리고 어떻게 인생을 살아야 하는지를 잘 모른다.

어린 시절부터 우리는 말하는 법을 배우고 걷는 법을 배운다. 그리고 공부하는 법과 돈 버는 법을 배운다. 성공하는 법, 출세하는 법도 열심히 배운다. 하지만 인간답게 사는 법을 배우지는 못했다. 남과 더불어 살아가는 법도 제대로 배우지 못했다.

수학문제는 공식을 알아야 풀 수가 있고 과학문제는 원리를 알아야 풀 수가 있다. 그런데 우리는 인생의 공식도 잘 모르고 인생의 원리도 잘 알지 못한다.

그러고 보니 인생에 대해 모르는 게 너무 많다. 그런데도 우리는 마치 인생을 다 아는 사람처럼 그렇게 인생을 살아가고 있다. 우리의 삶 속에 위선이나 가식이 짙게 배어 있는 것도 어쩌면 우리가 인생에 대해 너무 모르기 때문은 아닐까.

어느 길을 가고 있는가

세상에는 많은 길이 있다.

하늘에도 길이 있고 땅에도 길이 있다.
산을 오르는 데도 길이 있고 바다를 항해하는 데도 길이 있다.

인생도 그러하다.

영웅의 길이 있고 졸장부의 길이 있다.
애국의 길이 있고 매국의 길이 있다.
영광의 길, 고난의 길도 있다.

어느 길은 가기 싫어도 가야만 하고

어느 길은 가고 싶어도 가지 말아야 한다.

모험가는 아무도 가지 않은 길을 찾고
관광객은 사람들이 즐겨 찾는 길을 간다.
그리고 정복자는 새로운 길을 만들어낸다.

지금 이 길이 내가 가야 하는 길이라면
그리고 그대와 함께 갈 수 있는 길이라면
무엇을 망설이고 무엇을 두려워하겠는가.

나에게는 이 길이 운명의 길이고 행복의 길이다.

인간은 상징적 동물이다

독일의 철학자 카시러는 인간을 상징적 동물이라고 규정했다. 지금까지 인간은 수많은 상징을 만들어왔다. 종교나 이념, 규범과 같은 사고(思考)의 산물은 모두 상징의 범주에 속한다고 할 수 있다.

우리가 익히 알고 있는 사과의 상징성을 한번 살펴보면 어떨까.

창세기에 등장하는 이브의 사과는 유혹과 타락의 상징이다. 북유럽 신화에 나오는 여신 이둔의 사과는 불멸의 젊음을 상징한다. 그리스 신화에서 신들의 연회에 초대받지 못한 에리스(아테)의 사과는 분쟁과 불화의 상징이다. 백설 공주가 계모의 꼬임에 넘어가 먹게 된 독이 묻은 사과는 질투의 상징이다.

만유인력을 발견한 뉴턴의 사과는 과학발전의 상징이다. 에밀 졸라와 세잔느가 함께 나눈 사과는 우정의 상징이다. 가난했던 어린 시절에 주인 할머니에게서 공짜로 얻어먹던 나폴레옹의 사과는 꿈과 희망을 상징한다. 스위스의 독립을 부르짖은 빌헬름 텔의 사과는 자유의 상징이다. 내일 지구가 멸망하더라도 오늘 한 그루의 사과나무를 심겠다는 스피노자의 사과는 영원한 진리를 상징한다.

일본인 농부 기무라 씨가 재배하는 사과는 기적의 사과라고 불린다. 그는 농약 알레르기 때문에 고통을 겪는 아내를 위해 새로운 농법에 도전한다. 주위의 반대와 냉소에도 불구하고 농약과 비료를 전혀 사용하지 않는 친환경적인 과수재배를 시작한 것이다. 기무라 씨는 자연이 스스로 성장하고 스스로 치유할 수 있는 힘을 지니고 있다고 믿었다. 그리고 그의 믿음은 현실이 되었고, 그 현실은 다시금 새로운 믿음을 만들어가고 있는 것이다.

그렇다면 지금 당신은 어떤 상징을 만들어가고 있는가.

인생의 불을 밝히다

추운 겨울날, 온가족이 화로 곁에 옹기종기 둘러 앉아 감자를 구워먹으며 이야기꽃을 피우던 시절이 있었다. 음력 정월 대보름날에는 논둑이나 밭둑에서 마을 청년들이 모여 쥐불놀이를 하기도 했다. 지금은 축제일에 벌어지는 불꽃놀이가 밤하늘을 아름답게 수놓는다.

또 다른 불들도 있다. 낭만적인 분위기를 연출하는 촛불도 있고, 형설지공(螢雪之功)의 의미를 담은 반딧불도 있다. 길거리를 밝혀주는 가로등, 뱃길을 안내해주는 등대도 있다.

등불은 앞날에 희망이 되는 인물을 비유적으로 일컫기도 한다.
용광로는 모든 미움이나 분노, 갈등과 대립을 용해시키는 화합의 상징이기도 하다.

불장난을 하는 사람은 위험에 빠지기 쉽고
불구경만 하는 사람은 위험을 벗어나기 어렵다.
불난 집에 부채질 하는 사람은 자신에게 닥칠 위험을 전혀 모르는 사람
이다.

불은 인간에게 고마운 존재이기에
더욱 더 조심스럽게 다루어야 하고
더욱 더 정성스럽게 보듬어야 한다.

누구나 어두운 밤에는 불을 밝히고 추운 날에는 불을 지핀다.

지금 당신은 무엇을 위해 청춘을 불사르고 무엇을 위해 열정을 불태우
고 있는가.

인생의 **마침표**를 어떻게 찍을 것인가

문장부호 가운데는 쉼표, 줄임표, 물음표, 느낌표, 방점(傍點) 등이 있다.

인생에서 쉼표는 휴식이나 재충전의 표현이라고 할 수 있다. 사람은 일할 때 열심히 일하고 놀 때는 열심히 놀아야 한다. 잠 잘 때도 열심히 자야 한다. 우리 아이가 묻는다. 잠이 들면 아무 생각도 못하는데 어떻게 열심히 잠을 잘 수가 있는지. 나는 대답한다. 낮에 열심히 일하고 열심히 놀면 밤에는 잠에 깊이 빠져들 수밖에 없다고. 그리고 그게 열심히 자는 거라고.

줄임표는 생략과 침묵의 표현이다. 대화에서도 침묵이 필요할 때가 있다. '웅변은 은, 침묵은 금' 이라는 말이 있듯이 침묵은 웅변보다 더 강한 역설(力說)이 되기도 한다. 말꼬리 잡고 늘어지는 거친 논쟁에서는 침묵이 특효약이 될 수도 있다.

물음표는 의구심이나 호기심의 표현이다. 모든 지식이나 발견, 발명은 호기심에서 출발한다. 신대륙도 그렇고 우주도 그렇다. 과학의 발전은 미지의 가능성에 대한 호기심 없이는 도저히 생각할 수 없다. 자라나는 아이들은 호기심을 충족하기 위해, 궁금증을 풀기 위해 끊임없이 질문한다. 그리고 보면 인생이란 질문에 대한 해답을 찾아가는 과정인지도 모른다.

느낌표는 감정이나 감동의 표현이다. 남에게 감동을 줄 수 있는 삶을 사는 사람은 뜨거운 울림을 지닌 사람이다. 감정이 메마른 사람이 행복을 찾는 건 가뭄 속에서 생수를 찾는 것과 같다. 우리가 떨림을 느끼고 울림을 느낄 때, 우리의 삶은 기쁨과 행복으로 충일(充溢)해질 수 있다.

방점은 관심이나 강조의 표현이다. 우리는 중요하다고 생각되는 글귀 옆에 방점을 찍는다. 인생을 살면서 중요한 깨달음에 방점을 찍는 습관을 기르는 것도 지혜로운 일이 될 것이다. 방점을 어디에 찍는지에 따라 우리의 인생도 달라진다. 굳이 사소한 일에 방점을 찍을 이유는 없다.

나에게는 쉼표와 줄임표, 물음표, 느낌표, 방점이 모두 필요하다. 그리고 필요한 만큼 잘 활용해 써야 한다. 그리고 생을 마치는 날, 마지막으로 종지점(終止點)을 잘 찍을 수 있었으면 좋겠다.

중심 잡기

왼쪽으로도 오른쪽으로도 치우치지 마라.
왼쪽으로 치우치면 좌익이라고 하고
오른쪽으로 치우치면 우익이라고 한다.

너무 서두르지도 말고 너무 느긋하지도 마라.
너무 서두르다 보면 조급하게 되고
너무 느긋하다 보면 게으르게 된다.

너무 많이 웃으면 경박하다고 하고
너무 웃지 않으면 무뚝뚝하다고 한다.

돈이 많다고 자랑하지도 말고

돈이 없다고 불평하지도 마라.

남이 잘났다고 질투하지도 말고
남이 못났다고 무시하지도 마라.

인생이 너무 힘들다고 말하지 마라.
패배주의자로 오해 받을 수 있기 때문이다.

인생이 너무 쉽다고도 말하지 마라.
기회주의자로 오해 받을 수 있기 때문이다.

너무 하늘만 올려다보지 마라.
허황된 꿈을 좇는 사람처럼 보일지 모른다.

너무 땅만 내려다보지 마라.
꿈을 잃은 사람처럼 보일지 모른다.

모름지기 두 발로 땅을 딛고 서야 한다.
그리고 두 손으로 세상을 끌어안아야 한다.

나의 중심이 곧 세상의 중심이다.

행복에 관한 명언들

로시코프는 사람이란 자신이 생각하는 만큼 그렇게 행복하지도 불행하지도 않다고 말한다. 그리스의 위대한 철학자 아리스토텔레스는 행복이나 불행이 우리들 자신에게 달려 있다고 말한다.

이들의 말은 행복이나 불행이 주관적인 것이며 또한 그렇기 때문에 우리 스스로가 행복을 만들어가야 한다는 의미일 것이다.

폰트렐스는 행복의 가장 큰 장애물이 너무 행복을 기대하는 마음이라고 말한다. 그리고 독일의 염세철학자 쇼펜하우어는 너무 불행해지지 않는 가장 확실한 방법은 너무 행복해지기를 바라지 않는 것이라고 말한다.

이들의 말처럼 행복에 대한 지나친 욕심이나 집착은 금물이다. 마음을 비우면 오히려 행복이 찾아오고 마음 가득히 행복해질 수 있을 것이기 때문이다.

막심 고리키는 말한다. 행복을 두 손 안에 꽉 잡고 있을 때에는 그 행복을 작게 여기다가 잡은 손을 놓은 뒤에야 비로소 그 행복이 얼마나 크고 소중했었는지 알게 된다고. 프랑스의 실존주의 작가인 카뮈는 행복이란 항상 분에 넘치는 것이기 때문에 행복을 잃는 것은 쉬운 일이라고 말한다.

우리는 늘 건강을 잃고 난 뒤에 후회하고 행복을 잃고 난 뒤에 후회한다. 하지만 후회한다고 해서 달라지는 건 하나도 없다. 작은 행복도 소중하게 여기고 늘 감사해야 하는 이유가 바로 여기에 있다.

스피들러는 자신과 공감하는 사람을 찾아내는 것이 지상에서 가장 큰 행복이라고 말한다. 그리고 러시아의 소설가 체호프는 불행한 사람의 침묵이 있었기에 행복이 존재하는 것이라고 말한다.

행복은 자신만의 것이 아니다. 나와 함께하는 사람이 있기에 내가 행복한 것이며 때로는 다른 사람의 희생 덕분에 내가 행복해질 수 있는 것이다. 그렇기에 우리는 언제나 이웃에 대해 감사하는 마음을 지녀야 한다.

헨리 벤 다이크는 세상에 돈으로 살 수 있는 행복이라는 상품은 없다고 말한다. 독일의 문호 괴테는 기쁘게 일하고 자신이 한 일을 기뻐하는 사람이 진정 행복하다고 말한다.

그렇다. 행복은 돈으로 살 수 있는 것이 아니라 내가 만들어가는 것이다. 내가 일하면서 즐거움을 느끼고 또한 내가 하는 일이 보람된 일이라면 그것이 바로 행복이 아니겠는가.

행복은 **순환**이다

물은 위에서 아래로 흐른다. 그리고 증기가 되어 위로 올라갔다가 비가 되어 다시금 아래로 내려온다. 피가 제대로 돌아야 건강이 유지되고, 차량이 막힘없이 움직여야 교통이 원활해진다. 우리가 지켜야 할 법(法)은 물(水)이 흘러가는(去) 모양새를 띠고 있다. 이처럼 모든 게 다 순환이다.

자연은 순환한다. 봄, 여름, 가을, 겨울, 그리고 봄. 언제나처럼 계절은 바뀐다. 나무는 뿌리를 내리고 줄기를 키우고 가지를 뻗는다. 무성해진 잎은 다시금 땅에 떨어져 썩는다. 그리고 자양분이 되어 다음 생명을 기약한다. 이처럼 순리에 따라 흘러가는 게 자연의 이치이다.

루소는 '자연으로 돌아가라'고 외쳤다. 행복은 자연으로 돌아가는 것이다. 자연을 거스르지 않고 자연과 더불어 순환하는 것이다. 자연과 인

간이 하나가 되는 것, 무욕(無慾)의 삶을 사는 것, 그것이 바로 행복인 것
이다.

IV

긍정의 힘을 믿는다

개천에서 용 난다

　'개천에서 용 난다' 라는 속담은 열악한 환경에서 훌륭한 인물이 태어 난다는 뜻이다.

　일본에서 '경영의 신' 으로 추앙받는 마쓰시타 고노스케는 세계적인 브랜드인 '내셔널' 과 '파나소닉' 이 속해 있는 마쓰시타 그룹을 세운 인물이다.

　그는 자신이 일궈낸 성공의 비결을 묻는 질문에 이렇게 대답했다고 한다. "나는 세 가지 감사할 조건을 가지고 인생을 살아왔습니다. 첫째는 내가 11살에 부모를 여의었다는 겁니다. 그래서 남들보다 일찍 철이 들 수 있었습니다. 둘째는 초등학교 4년이 내 학력의 전부라는 겁니다. 그래서 공부에 대한 미련 때문에 평생 열심히 공부할 수 있었습니다. 그리고 나는 어려서부터 몸이 무척 허약했습니다. 그래서 건강에 관심을 가지고 노력한 덕분에 이렇게 건강을 유지할 수 있었습니다."

모두들 그를 '불운아'라고 생각했겠지만 정작 그 자신은 스스로를 '행운아'라고 여겼다. 그의 위대성은 남들이 불행의 조건 내지 실패의 조건이라고 치부할 수 있는 환경을 행복의 조건 내지 성공의 조건으로 만들었다는 데 있다.

그는 부모의 보살핌이 없었기 때문에 어려서부터 자립심을 키울 수 있었다. 그리고 학교에서 제대로 배우지 못했기 때문에 독학을 통해 끊임없이 지식을 키워나갔다. 또한 몸이 무척 병약했기 때문에 건강의 소중함을 뼈저리게 느꼈고 그래서 꾸준한 섭식과 운동, 정신수양을 통해 건강을 지킬 수 있었다. 이처럼 그는 힘겨운 생존환경에서 스스로 인생을 헤쳐 나가는 방법을 터득했던 것이다.

그가 지닌 덕목은 겸손과 강인한 의지, 과감한 결단력, 그리고 긍정적인 사고이다. '호황은 좋다. 하지만 불황은 더 좋다'라는 말에서 그가 지닌 긍정적인 사고의 한 단면을 읽어낼 수 있다.

마쓰시타 고노스케는 지식보다 인생을 배운 인물이고 사업보다 인생을

경영한 인물이다. 그는 개천에서 태어났지만 세상을 품고 하늘로 웅비
(雄飛)한 용이다.

긍정^의 법칙

세상에는 이런저런 법칙들이 많다.

모든 일이 잘 풀릴 때는 샐리의 법칙을 떠올리고, 되는 일이 없다고 느낄 때는 머피의 법칙을 떠올린다.

실제로 효능이 없는 가짜 약을 효능이 있다고 속여 환자에게 먹이면 상당한 효과가 나타난다는 '플라시보 효과'가 있다. 그리고 아무리 효능이 뛰어난 약이라고 해도 환자가 효능을 믿지 않으면 효과가 별로 나타나지 않는다는 '노시보 효과'도 있다.

자신이 원하는 걸 진심으로 바라면 이루게 된다는 '피그말리온 효과'가 있는 반면, 사회적으로 낙인이 찍히면 결국 패배자로 남게 된다는 '스티그마 효과' 도 있다.

이뿐만이 아니다.

평소 지나칠 때는 자주 오던 버스도 막상 타려고 하면 잘 오지 않는다는 '정류장의 법칙'. 택시를 타려고 하면 빈 택시가 반대편에 있고, 길을 건너가면 빈 택시는 이미 사라지고 없다는 '택시의 법칙'. 그리고 큰맘 먹고 세차를 하면 비가 온다는 '세차의 법칙' 도 있다.

보험에 들면 사고가 안 나고, 보험에 들지 않으면 사고를 당한다는 '사고의 법칙'. 바겐세일 때 내가 사려는 물건은 세일에서 제외된 품목이라는 '세일의 법칙'. 일어나지 않기를 바라면 꼭 그 일이 일어난다는 '겁퍼슨의 법칙' 도 있다.

전화를 받을 때 펜이 있으면 메모지가 없거나 메모지가 있으면 펜이 없고, 펜과 메모지가 있으면 받아 적을 메시지가 없다는 '프랭크의 전화 불가사의' 도 있다. 그리고 전화번호를 잘못 눌렀을 때는 상대방에게 항상 전화 신호음이 간다는 '코박의 수수께끼' 도 있다.

하지만 자세히 들여다보면 어느 법칙이든 '반만의 진실' 이 담겨져 있다. 그래서 서로 다른 두 법칙이 합쳐져야 비로소 '온전한 진실'이 재구성되는 것이다.

법칙은 인간이 만들어낸 것이다. 잘못된 법칙은 시대에 따라 환경에 따라 새롭게 바꾸어야 한다.

우리가 찾아야 할 새로운 법칙은 '긍정의 법칙'이다. 그리고 그것이 바로 우리가 풀어야 할 행복 방정식이다.

끼, 깡, 꾀, 끈, 꿈

나는 인생에 꼭 필요한 몇 가지가 있다고 생각한다.

우선 끼가 있어야 한다. 끼란 타고난 재능을 일컫는데 남과 구별되는 자신만의 색깔이다. 요즘 텔레비전 방송에서는 개그맨이나 가수들이 끼를 마음껏 발산하는 모습을 자주 보게 된다. 이들의 끼는 예능 프로그램에서 한층 더 진가를 발휘하고 있다.

끼와 더불어 깡도 필요하다. 깡은 용기와 도전정신을 일컫는다. 젊은 세대는 기성세대와는 달리 거리낌 없이 말하고 행동한다. 자신이 원하는 걸 얻기 위해서는 물불을 가리지 않는다. 이들은 낯선 환경에서도 전혀 주눅 들지 않는다.

꾀는 지혜나 지략을 일컫는다. 여기서 우리는 별주부전에 등장하는 토끼, 중국 삼국시대의 제갈공명이나 조조를 떠올리게 된다. 꾀가 많은 사람은 갑자기 자신에게 닥친 문제를 해결할 수 있는 임기응변 능력이 뛰어난 사람이다. 그리고 새로운 패러다임을 만들어낼 수 있는 창의적인 능력을 지닌 사람이다.

끈도 빼놓을 수 없다. 끈은 인간관계 내지 인맥을 일컫는다. 혼자만의 힘으로 성공이나 출세를 이뤄내기가 쉽지 않기 때문에 누군가의 도움이 필요할 때가 많다. 끈은 사람과 사람 사이를 이어주는 연결고리이다. 크게 보면 사회적 네트워크나 글로벌 네트워크도 이에 속한다고 하겠다.

꿈은 보다 나은 내일을 향한 희망이며 의지이다. 꿈을 꾼다는 건 바로 내가 살아 있다는 증거이다. 꿈은 삶을 지탱하는 힘이기도 하고 삶을 이끌어가는 원동력이기도 하다. 인간은 꿈을 꾸는 동안에 행복을 느끼고 그 꿈을 실현해나가면서 또한 행복을 느낀다.

끼와 깡, 꾀와 끈으로 무장한 젊은이들이여, 그대는 지금 어떤 꿈을 꾸고 있는가.

나비효과

나비효과(butterfly effect)라는 브라질의 리우데자네이루에서 시작된 나비의 날갯짓이 미국 텍사스에서 토네이도를 일으킬 수 있다는 과학이론이다. 작은 기상변화가 엄청난 재해를 초래할 수 있다는 메시지를 담고 있다.

오늘날과 같은 정보화시대에는 작은 데이터 하나가 지구촌의 대변혁을 불러오기도 한다. 어쩌면 우리가 아무 생각 없이 내다버린 쓰레기가 기상이변과 자연재해의 단초를 제공했을지도 모른다. 문명충돌이나 종교전쟁도 우리의 사소한 미움이나 다툼에서 비롯된 것은 아닐까.

나의 칭찬 한 마디가 듣는 이에게 기쁨을 선사하고
나의 격려 한 마디가 듣는 이에게 용기를 심어준다.

내가 환하게 웃으면 보는 이의 마음도 따뜻해지기 마련이다.

너와 내가 부르는 노래 한 마디 한 마디가 모여 평화의 메아리가 될 수 있고, 너와 내가 내딛는 발걸음 발걸음이 쌓여 새로운 역사의 시발점이 될 수 있다.

세상은 언젠가는 너와 내가 힘겹게 파들거리던 평화의 날갯짓을 떠올릴 것이다.

더하기와 빼기

사칙연산(四則演算)에는 덧셈과 뺄셈, 곱셈과 나눗셈이 있다.

이들 가운데서도 가장 기초가 되는 셈법은 더하기와 빼기이다. 곱하기는 더하기를 계속하면 되고 나누기는 빼기를 계속하면 되기 때문이다.

그런데 행복한 인생을 위한 연산방식이 있을까. 무엇을 더하고 무엇을 빼야 행복해질 수 있을까.

한 마디로 더할 건 더하고 뺄 건 빼야 한다. 예절과 규범, 관심과 배려 등이 더해야 할 목록이라면, 욕설과 비방, 갈등과 폭력 등이 빼야 할 목록이다.

약골인 사람이 근력을 키우는 것과 과체중인 사람이 살을 빼는 것, 주부가 소비를 줄이는 것이나 정부가 공공투자를 늘리는 것도 같은 이치이다. 범죄를 줄이고 안정망을 늘리는 것, 배출가스를 줄이고 녹지를 늘리는 것도 그렇다.

질병을 줄이면 수명은 늘어난다. 잠자는 시간을 줄이면 일하는 시간이 늘어나고 차 타는 습관을 줄이면 걷는 습관이 늘어난다. 텔레비전을 보는 시간이 줄어들면 대화하는 시간이 늘어날 수 있고 술 먹는 습관이 줄어들면 운동하는 습관이 늘어날 수 있다. 욕을 줄이면 칭찬이 늘어날 수도 있다.

나는 아름다운 덕목들이 충분히 더해져서 '더할 나위 없는' 사람이 되었으면 좋겠다. 그래서 내가 이 사회를 위해 '빼려야 뺄 수 없는' 사람이 된다면 얼마나 좋겠는가.

디딤돌과 걸림돌

디딤돌은 딛고 일어서게 하는 돌이고 걸림돌은 걸려 넘어지게 하는 돌이다.

디딤돌은 앞으로 나아갈 수 있게 도와주지만 걸림돌은 앞으로 나아가지 못하게 막는다.

디딤돌은 진보를 의미하고 걸림돌은 퇴보를 의미한다.

인생에도 디딤돌과 걸림돌이 있다.

정의(正義)는

강직한 사람에게는 디딤돌이지만

비겁한 사람에게는 걸림돌이다.

하지만 불의(不義)는
강직한 사람에게는 걸림돌이 되고
비겁한 사람에게는 디딤돌이 된다.

고난과 역경도
성공한 사람에게는 디딤돌이 되지만
실패한 사람에게는 걸림돌일 뿐이다.

거센 바람이
비상(飛上)하는 새에게는
디딤돌이 될 수도 있고
걸림돌이 될 수도 있다.

돌에 걸려 넘어지더라도 그 돌을 딛고 다시 일어설 수만 있다면 그 돌
은 더 이상 걸림돌이 아니다.

위대한 사람은 걸림돌을 디딤돌로 만들 수 있는 사람이다.

미래는 꿈꾸는 자의 몫이다

재치가 넘치면서도 의미심장한 이야기를 들어 본 적이 있다.

"나는 귀를 뚫은 사람은 용서할 수 있어도 귀가 막힌 사람은 용서할 수 없다.

나는 머리가 벗겨진 사람은 용서할 수 있어도 머리에 든 게 없는 사람은 용서할 수 없다.

나는 만날 지각하는 사람은 용서할 수 있어도 매사에 지각없는 사람은 용서할 수 없다.

나는 과거가 있는 사람은 용서할 수 있어도 미래가 없는 사람은 용서할 수 없다."

기우(杞憂)라는 단어가 있다. 고대 중국 기(杞)나라 때 어느 사람이 하늘이 무너지고 땅이 꺼질까 봐 온종일 노심초사했다는 이야기에서 유래한다. 기우는 앞으로 일어날 일에 대해, 아니 앞으로 일어나지도 않을 일에 대해 공연히 걱정하는 걸 일컫는다.

공연한 걱정은 누구에게도 도움이 되지 않는다. 우리는 지나간 일을 걱정하고, 앞으로 일어나지도 않을 일을 걱정하고, 어찌 할 수 없는 일을 걱정하고, 별로 중요하지도 않은 일을 걱정한다. 그리고 자신과 전혀 상관도 없는 일을 걱정한다.

지금이 힘들다고 해서 앞으로도 계속 힘들 거라고 예단해서도 안 되고, 지금이 불행하다고 해서 앞으로도 계속 불행할 거라고 단정 지어서도 안된다.

자연은 우리가 후손에게서 빌려온 것이기 때문에 자연을 잘 보존해 돌려줘야 한다는 말이 있다. 우리의 꿈도 우리가 후손에게서 잠시 빌려온 건 아닐까. 그래서 후손들에게 되돌려줄 아름다운 꿈, 멋진 꿈, 행복한 꿈을 꾸어야 하지 않을까.

선순환과 악순환

늘잠을 자는 사람은 일찍 잠자리에 들지 못한다. 그리고 다음 날에 다시금 늦잠을 잔다. 이런 습관이 계속 반복되다 보면 결국 늦잠꾸러기가 되고 만다.

산책길에 우리 아이에게 이렇게 말한 적이 있다. "놀 땐 열심히 놀고 공부할 땐 열심히 공부하고 잠잘 땐 열심히 자야 한단다." 그러자 우리 아이가 이렇게 말한다. "아빠, 잠을 어떻게 열심히 자? 난 잠이 들면 아무 것도 모르는데."

낮에 열심히 일하면 밤에는 자지 말라고 해도 잠에 빠져들게 된다. 반대로 낮에 빈둥거리면 밤에는 잠이 오지 않아 뒤척이게 된다. 열심히 땀을 흘린 뒤에 얻는 달콤한 휴식, 그것이 바로 열심히 자는 것이다.

외국에 가면 누구나 시차피로증(jet lag)을 경험하게 된다. 낮과 밤이 바뀌기 때문에 대낮에는 졸리고 한밤중에는 정신이 멀쩡하다. 그렇다고 해서 낮에 자고 밤에 깨어 있으면 제대로 시차적응을 할 수도 없다. 자신의 생체리듬을 현지시각에 맞추어야만 생활하는 데 어려움이 없다.

밤에 늦게 자면 아침에는 늦게 일어날 수밖에 없고, 밤에 일찍 자는 사람은 아침에 일찍 일어나는 게 당연하다.

악순환을 선순환으로 바꾸려면 발상의 전환이 필요하다. 그리고 관성의 법칙을 깨뜨리려는 결연한 의지가 필요하다.

지혜로운 사람은 악순환을 선순환으로 바꿀 줄 아는 사람이다.

왕자와 거지

16세기 중엽, 영국 런던에서 한날한시에 두 아이가 태어난다. 한 아이는 왕의 아들로 태어난 에드워드, 다른 아이는 빈민의 아들로 태어난 톰이다. 왕실의 엄격한 규율에 싫증을 느낀 왕자 에드워드는 자유와 일상을 꿈꾸고, 혹독한 가난에 시달리던 거지 톰은 부귀와 명예를 꿈꾼다. 그리고 우연한 기회에 서로의 옷을 바꿔 입게 된 두 소년은 전혀 다른 삶을 경험하게 된다.

마크 트웨인의 작품 〈왕자와 거지〉의 줄거리이다. 이 작품은 독자로 하여금 자유와 행복에 대해 깊이 생각하게 만든다.

모든 사람에게는 자유로울 권리가 있고 행복을 누릴 권리가 있다. 하지만 현실은 그렇지 못하다. 그렇다고 해서 무조건 현실을 탓할 수만은 없다. 이 세상에 태어난 건 나의 의지와는 무관하지만, 이 세상에서 살아가는 건 전적으로 나의 의지에 달려 있다. 내가 곧 삶의 주체이기 때문이다.

'제 떡보다 남의 떡이 더 커 보인다'는 속담에서 알 수 있듯이 우리는 남이 가진 걸 부러워하고 또 그걸 빼앗으려고 한다. 하지만 우리가 행복해지기 위해서는 자신이 가진 것에 대해 만족할 줄 알아야 한다. 그리고 남이 가진 것을 인정하고 존중해야 한다.

거지가 왕자가 된다고 해서 마냥 행복할 수만은 없다. 왕자가 거지가 된다고 해서 지구의 종말이 오는 것도 아니다. 자신에게 주어진 삶에 충실할 때, 그리고 다른 사람의 삶을 이해하고 포용할 때 우리 모두가 행복해질 수 있는 길이 열리게 될 것이다.

우산과 아이스크림

우산 파는 아들과 아이스크림 파는 아들이 있다. 어머니는 자식 걱정에 한시도 마음을 놓지 못한다. 비가 오면 아이스크림 파는 아들이 걱정되고, 해가 나면 우산 파는 아들이 걱정되기 때문이다.

하지만 생각을 바꾸면 세상이 달리 보이기 마련이다. 비가 올 때는 우산이 잘 팔리고 해가 날 때는 아이스크림이 잘 팔린다. 그래서 비 오는 날에는 우산 파는 아들 덕분에 어머니가 행복할 수 있고, 해가 나는 날에는 아이스크림 파는 아들 덕분에 어머니가 행복할 수 있는 것이다.

모순(矛盾)이라는 단어가 있다. 중국 초나라 때 어느 상인의 이야기에서 유래했다고 한다. 그 상인은 창을 팔 때면 모든 방패를 다 뚫을 수 있는 예리한 창이라고 선전하고, 방패를 팔 때면 모든 창을 다 막아낼 수 있는 튼튼한 방패라고 선전했다. 하지만 모든 방패를 뚫을 수 있는 창과 모든 창을 막을 수 있는 방패는 분명 이치에 맞지 않는다.

그런데 내가 이런 창과 방패를 모두 지니고 있다면 더 이상 고민할 필요는 없다. 상대방이 공격해 올 때는 튼튼한 방패를 쓰고, 내가 상대방을 공격할 때는 예리한 창을 쓰면 된다.

이처럼 모순을 극복하지는 못한다고 해도 모순을 순치(馴致)시킬 수는 있다.

비오는 날에는 우산을 쓰면 되고 해 나는 날에는 아이스크림을 먹으면 된다. 공격할 때에는 예리한 창을 쓰고 방어할 때에는 튼튼한 방패를 쓰면 된다.

긍정적인 사고는 긍정적인 행동으로 이어진다. 그리고 긍정적인 행동은 긍정적인 삶으로 이어지는 것이다.

인생은 패자부활전이다

토너먼트 방식으로 치러지는 운동경기에서 초반에 한 번 패한 선수는 패자부활전을 통해 다시 한 번 싸울 수 있는 기회를 얻는다.

패자부활전은 누구나 한 번 실수를 저지를 수 있다는 가능성을 전제로 한다. 누구나 대학입시에서 낙방할 수도 있고 취업전쟁에서 좌절을 경험할 수도 있다. 그리고 때로는 결혼생활에서 난관에 봉착할 수도 있다.

'실패는 성공의 어머니' 라는 말이 있다. 내가 노력하지 않고서 성공하려고 한다면 그건 욕심에 지나지 않는다. 실패를 경험하지 않고서 성공을 거두려고 한다면 그것 또한 지나친 욕심일 뿐이다.

실패를 두려워해서도 안 되고 실패했다고 해서 좌절하거나 절망해서도 안 된다. 실패하는 자에게만 또 다시 도전할 수 있는 기회가 주어지기 때문이다.

에디슨도 수천 번 실패를 거듭한 뒤에야 비로소 전구를 발명했다고 한다. 링컨도 주지사 선거와 의회 선거에서 여러 번 낙선을 거듭한 끝에 대통령에 당선되었다.

그런데 우리가 이들을 위대하다고 일컫는 이유가 무엇일까. 그건 이들이 수많은 실패에도 불구하고 결코 포기하지 않았다는 것이다. 그리고 이들이 포기하지 않았기 때문에 위대해질 수 있었던 것이다. 어쩌면 우리가 포기하는 바로 그 순간에 성공의 여신이 눈물을 흘리고 있을지도 모른다.

인간은 실패를 통해 많은 걸 배운다. 눈물을 배우고 아픔을 배우고, 그래서 인생을 배운다. 인간은 실패를 통해 더 강해질 수 있다. 인내심을 키우고 도전정신을 키우고, 그래서 삶의 의지를 키울 수 있다.

인생은 실패와 성공의 연속이다. 우리 인생은 단판 승부로 가려지는 것이 아니다. 역전승의 짜릿한 맛은 패배를 경험한 사람만이 느낄 수 있는 인생의 값진 선물이다.

지금 이 순간에도 패자부활전이 펼쳐지고 있다. 당신에게도 도전할 수 있는 자격이 주어져 있다.

그대여, 기꺼이 패자부활전에 도전해 새로운 성공의 신화를 만들어보지 않겠는가.

1분의 미학

늦잠꾸러기는 쉽게 잠자리를 박차고 일어나지 못한다. 애연가는 흡연의 유혹에서 벗어나기가 쉽지 않다. 애주가 또한 음주의 유혹을 쉽사리 뿌리치지 못한다. 마음은 굴뚝같은데 몸이 말을 잘 듣지 않기 때문이다. 아무리 일찍 일어나려고 해도 담배나 술을 줄이려고 해도 생각대로 잘 되지 않는다.

그런데 '천 리 길도 한 걸음부터'라는 속담이 있지 않은가. 하루에 잠을 1분씩만 줄여보자. 하루에 1분을 적게 잔다고 해서 갑자기 피곤해지는 건 아니다. 담배를 한 모금 적게 피우고 술을 한 잔 적게 마신다고 해서 갑자기 금단현상이 오는 것도 아니다.

잠을 하루에 1분씩만 줄이면 두 달 뒤에는 한 시간을 줄일 수 있다. 담배를 피울 때 한 모금씩만 줄여도 일주일 뒤에는 한 개비를 줄일 수 있다. 술을 마실 때 한 잔씩만 줄여도 한 달 뒤에는 한 병을 줄일 수 있다.

1분만 적게 자도 내 시간이 그만큼 늘어난다. 한 모금만 적게 피우고 한 잔만 적게 마셔도 내 건강이 그만큼 늘어나는 것이다.

고개를 조금만 돌려도 또 다른 세상이 보이고 눈을 조금만 크게 떠도 세상이 더 크게 보이지 않는가.

내가 하루에 욕설을 한 마디 줄이고 칭찬을 한 마디만 늘여도 세상은 달라진다. 내 인생의 궤도를 조금만 수정해도 내 인생은 전혀 다른 궤적을 그리게 될 것이다.

당신의 1분은 당신만의 것이 아니다. 당신이 사랑하는 가족들의 것이기도 하고 당신이 사랑하는 이웃들의 것이기도 하다.

1분을 아끼는 것이 나를 아끼는 것이며 내가 사랑하는 이들을 아끼는 것이라는 사실을 꼭 기억해두자.

판도라의 상자

제우스 몰래 불을 훔쳐 인간에게 전해준 프로메테우스는 바위에 묶인 채로 낮에는 독수리에게 간을 쪼이고 밤에는 다시금 회복되는 형벌을 당한다. 제우스는 대장간의 신 헤파이스토스에게 흙으로 여신을 닮은 처녀를 빚어 만들라고 명한다. 그리고 여러 신들로 하여금 자신의 가장 고귀한 능력과 기술을 그녀에게 선물하도록 한다. 이렇게 해서 '모든 선물을 받은 여인', 즉 판도라가 탄생하게 된다.

제우스는 판도라에게 상자를 건네주면서 절대 열어 보지 말라고 명한다. 그리고는 그녀를 프로메테우스의 아우인 에피메테우스에게 보낸다. 에피메테우스는 판도라의 미모에 반한 나머지 제우스가 주는 선물을 받지 말라는 프로메테우스의 경고를 무시하고 그녀를 아내로 맞이한다.

에피메테우스와 행복한 나날을 보내는 판도라. 하지만 제우스에게서 받은 상자를 떠올린 그녀는 호기심에 그 상자를 열어보게 된다. 그리고 바로 그 순간, 상자 속에서 온갖 질병과 악이 세상으로 쏟아져 나온다. 이에 놀란 판도라가 황급히 상자의 뚜껑을 닫는 바람에 희망은 상자 밖으로 빠져나오지 못한다.

그 결과로 인류는 영원히 고통과 불행에서 벗어나지 못하게 되었고, 다른 한편으로는 혹독한 시련과 역경에도 불구하고 희망을 간직하게 되었다고 한다.

판도라의 상자에 관한 또 다른 설도 있다. 하나는 판도라의 상자에서 죄악과 불행뿐 아니라 희망도 함께 빠져나왔다는 설이다. 그리고 다른 하나는 판도라의 상자에서 행복이 빠져나와 어디론가 숨어 버렸기 때문에 인류가 행복을 찾기 위해 세상을 헤맬 수밖에 없다는 설이다.

한 마디로 말해, 판도라의 상자는 인류의 행복과 불행, 희망과 절망을 동시에 상징하는 절대적인 운명의 은유이다.

오늘날에도 판도라의 상자는 존재한다. 현대문명과 첨단과학, 핵연료, 가상현실과 초고속 정보통신…

우리가 판도라의 상자를 열어야만 한다면, 조심스럽게 그리고 지혜롭게 열어야 한다. 그리고 판도라의 상자에서 나오는 운명의 파편들을 모아 희망의 용광로에 넣어야 한다. 앞으로 우리가 누리게 될 행복은 바로 여기서 우리의 손에 의해 정성스레 만들어질 것이다.

패러다임의 전환

코페르니쿠스는 오랫동안 우주의 중심이라고 여겨졌던 지구가 태양 주위를 도는 하나의 행성에 지나지 않는다는 사실을 깨닫게 해주었다. 루터는 고해성사를 통해서가 아니라 십자가에 대한 믿음을 통해 구원을 얻을 수 있다는 진리를 깨닫게 해주었다. 링컨은 흑인이 노동의 도구인 노예가 아니라 인간의 존엄성을 지닌 자유인이라는 사실을 깨닫게 해주었다. 그리고 예수는 "눈에는 눈, 이에는 이"라는 보복의 법칙 대신에 "네 원수를 사랑하라"는 사랑의 법칙을 가르쳐주었다.

우리는 오랫동안 '한국인은 모래알 같은 민족'이라는 말을 들어왔다. 그것은 개별적으로는 우수하지만 단결력이 부족한 민족이라는 의미였다. 반면에 '일본인은 찰흙과 같은 민족'이라는 말도 있다. 찰흙처럼 잘 뭉치는 일본인의 속성을 일컫는다고 할 수 있다.

나는 일본인이 찰흙과 같은 민족이라는 걸 부정하고 싶지 않다. 또한 한국인이 모래알 같은 민족이 아니라고 주장하고 싶지도 않다.

바닷가에 드넓게 펼쳐진 모래알이 아침 햇살에 얼마나 눈부시게 반짝이는가. 젊은 시절엔 우리 모두 그 모래알들을 맨발로 밟으며 꿈과 낭만을 노래하지 않았던가.

찰흙은 그저 찰흙일 뿐이다. 하지만 모래알은 다르다. 모래에 물과 자갈, 석회를 섞으면 찰흙보다도 훨씬 더 단단한 콘크리트가 만들어진다. 보기에도 멋진 모래알이 한데 뭉쳐 강력한 건축자재로 새롭게 태어나는 것이다.

이처럼 패러다임을 바꾸면 내가 바뀌고 세상이 바뀐다.

가상의 이상향(utopia)이 진정 아름다운 세상(eutopia)으로 바뀔 수 있다. 어느 곳에도 존재하지 않았던 'nowhere'가 바로 지금 여기 존재하는 'now here'로 바뀔 수 있다. 부정의 'no'가 앞뒤를 바꾸면 긍정의 'on'이 되고, 종말을 고하는 'end'에 한 음절을 더하면 새로운 시작을 전하는 'send'가 된다. '자살'도 뒤집으면 '살자!'가 되고 '위기'도 다시금 '기회'가 될 수 있다.

새로운 눈으로 바라 본 세상이 이전과는 같을 수 없다. 이처럼 행복은 우리가 미처 보지 못했던 걸 새롭게 보는 것이고 우리가 미처 듣지 못했던 걸 새롭게 듣는 것이다. 그리고 우리가 미처 느끼지 못했던 걸 새롭게 느끼는 것이다.

행복은 이미 우리 곁에 있는 일상의 가치들을 다시금 새롭게 받아들이는 것이다.

V

인간다움을 위하여

꾸밈없는 아름다움이 좋다

세상에는 잘난 척하는 사람이 너무 많다. 예쁜 척하는 사람도 많고 멋있는 척하는 사람도 많다. 그럴듯하게 꾸민다고 해서 실제로 그런 존재가 되는 것도 아닌데 이런저런 '신드롬'에 매료되어 자신을 상품으로 포장해 내놓는다.

우리나라 여성들이 세계에서 가장 화장을 오래 한다는 이야기를 듣게된다. 자신을 한껏 뽐내기 위해 들이는 시간과 노력이 정말 눈물겹기까지 하다. 여성이 화장하는 걸 빗대어 연령대 별로 치장, 분장, 가장, 위장, 변장이라고 놀리는 우스갯소리도 있다.

'문화(culture)'는 '경작한다'는 의미를 지닌 라틴어 'colere'에서 파생된 단어이다. 영어로 'agriculture'는 농업이고 'horticulture'는 원

예업이다. 다시 말해, 하나는 실존적인 개념이고 다른 하나는 유미적인 개념이다. 이 둘을 한데 묶어 존재와 향유를 문화의 본질로 규정해볼 수 있다. 그리고 그 본질에는 가꾸고 돌보는 사람의 땀과 숨결이 배어 있다고 하겠다.

요즘 화제가 되고 있는 '쌩얼'은 화장기가 없는 맨얼굴을 일컫는 조어(造語)이다. 그런데 여성들은 자신의 얼굴을 그대로 드러내고 싶어 하지 않는다. '얼짱'에 주눅이 들어서일까. 그래서 얼짱처럼 보이려고 그토록 열심히 화장에 몰두하는 걸까.

얼굴은 마음의 거울이고 고유한 아름다움의 표현이다. 독일의 철학자 발터 벤야민은 본연의 고유한 가치를 '아우라(Aura)'라고 불렀다. 아우라는 흉내 낼 수 없는, 복제 불가능한 절대적인 가치이다. 그런데도 왜 여성들은 자신의 절대적인 아름다움을 인위적인 아름다움으로 바꾸려고 하는 걸까. 대중매체와 언론광고에 의해 강요된 아름다움이 본연의 순수한 아름다움을 왜곡하고 부정한다는 사실을 잊고 있는 건 아닐까.

나는 꾸밈없는 아름다움이 좋다. 그리고 거리에서나 찻집에서나 쌩얼을 자주 만나고 싶다. 여성들이 화장으로 자신의 아우라를 가리지 않았으면 좋겠다. 이 세상에서 단 하나뿐인 자신의 모습을 당당하게 드러냈으면 좋겠다. 짙은 향수 냄새가 아니라 잔잔한 살내음이 풍기는 인간세 상이었으면 좋겠다.

아름다움은 꾸미는 것이 아니라 가꾸는 것이다. 이 세상에서 가장 아름 다운 건 모방도 복제도 불가능한 자신만의 아름다움이다.

나도 진정 **자유인**이고 싶다

이솝 우화에 욕심 많은 개가 등장한다. 그 개는 길거리에서 뼈다귀를 주워 집으로 가는 길에 다리 위를 지나다가 시냇물에 비친 자신의 모습을 내려다보게 된다. 그리고 물속의 개가 물고 있는 뼈다귀를 빼앗기 위해 마구 짖어대다가 그만 자신이 물고 있던 뼈다귀를 떨어뜨리고 만다. 그 개는 욕심에 눈이 먼 나머지 물 위에 비친 개가 바로 자기 자신이라는 사실을 미처 깨닫지 못한 것이다.

성경에서도 '욕심이 죄를 낳고, 죄가 사망을 낳는다'고 말한다. 모든 화(禍)의 근원이 욕심이라는 데에는 동서양이 크게 다르지 않다. 인간의 욕심은 그 끝을 알 수가 없기에 멈추지 않는 광란의 질주를 하다가 결국에는 파멸의 나락으로 떨어지고 만다.

우리에겐 버릴 게 너무 많다. 인생에 전혀 도움이 되지 않는데도 우리는 꽉 움켜쥐고 놓지 않으려고 한다. 어쩌면 우리는 인생길을 가로막는 장애물을 점점 더 높이 쌓아가고 있는지도 모른다.

　욕심을 버린다는 건 나를 버리는 것이다. 이기적인 나를 버리고 자기중심적인 나를 버리는 것이다. 위선의 가면을 벗어던지고 탐욕의 굴레에서 과감하게 벗어나는 것이다.

　그렇게 나를 버려야 참된 친구를 얻을 수 있다. 나를 버려야 사랑을 얻을 수 있고 나를 버려야 평화를 얻을 수 있다. 그리고 나를 버림으로써 새로운 나를 찾을 수 있다. 욕심에서 자유로운 내가 바로 진정한 자유인이 되는 것이다.

난 사람, 든 사람, **된** 사람

　세상에는 세 가지 부류의 사람이 있다. 난 사람과 든 사람, 된 사람이
그들이다.

　난 사람은 능력이 뛰어난 사람을 일컫는다.
　든 사람은 학식이나 경륜이 풍부한 사람을 일컫는다.
　된 사람은 인격적으로 성숙한 사람을 일컫는다고 할 수 있다.

　현대사회에서는 능력이 뛰어난 사람도 필요하고 학식이나 경륜이 풍부
한 사람도 필요하지만 인격적으로 성숙한 사람이 더 필요하다. 소통과
화합, 평화의 담론을 만들어가기 위해서는 된 사람의 역할이 그만큼 중
요하기 때문이다.

인간은 인간다워야 한다. 나는 이 세상에 난 사람보다 든 사람보다 된 사람이 훨씬 더 많았으면 좋겠다.

배움의 기쁨

인간이 다른 동물과 구별되는 특징 가운데 하나가 배움이다. 인간은 항상 배움에 목말라 있고 배움에 굶주려 있다.

그래서 인간은 평생 배운다.

넘치면 넘침에서 배우고 모자라면 모자람에서 배우면 된다.
높은 곳에서도 배우고 낮은 곳에서도 배울 수 있다.
바쁠 때에도 시간을 쪼개어 배우고 아플 때에도 고통을 참아가며 배운다.
배움을 통해 얻는 기쁨이 그만큼 크고 달기 때문이다.

진정한 교육은 가로막는 것이 아니라 밀어주는 것이며 가두는 것이 아니라 풀어주는 것이다. 가르침을 억지로 따르게 하는 것이 아니라 배움을 스스로 터득하게 하는 것이다.

세상은 배우는 만큼 보이고 배우는 만큼 들리기 마련이다. 그래서 인간은 배움을 통해 그만큼 성장할 수 있는 것이다.

벼는 익을수록 고개를 숙인다

벼는 익을수록 고개를 숙인다. 가을 벌판에 출렁이는 황금물결을 보라. 농부의 땀과 눈물을 머금고 자라난 벼는 풍요로움을 한껏 드러내며 농부에게 감사의 인사를 보내고 있지 않는가.

그런데 우리 인간은 어떠한가. 인간은 많이 배울수록, 지위와 재물을 많이 얻을수록 교만해진다. 그리고 이처럼 교만한 사람은 고개를 앞으로 숙이지 않고 뒤로 젖힌다.

하지만 겸손한 사람은 기꺼이 고개를 앞으로 숙인다. 고개를 숙인다는 것은 자신의 성숙함을 드러내는 것이며 마음의 풍요로움을 전하는 것이다.

카인과 아벨이 그러하듯이 겸손과 교만은 너무나도 다른 성격을 지니고 있다. 교만은 빼앗으려고 하고 군림하려고 한다. 반면에 겸손은 나눠 주려고 하고 봉사하려고 한다.

교만이 겸손보다 강해 보이는 이유는 남에게 공연히 힘을 과시하기 때문이다. 그럼에도 교만이 겸손보다 약할 수밖에 없는 이유는 그 힘이 결코 오래가지 못하기 때문이다.

하지만 겸손에는 보이지 않는 힘이 있다. 그건 배려의 힘이며 인내의 힘이고 사랑의 힘이다. 약한 듯하면서도 무한히 강한 불굴의 미덕이다.

우리가 교만하지 않고 자긍(自矜)할 수만 있다면, 비굴하지 않고 겸손할 수만 있다면 얼마나 좋을까.

불평등한 평등사회

한국은 평등사회라는 우스갯소리가 있다.

어디를 가더라도 학부모들의 대화에는 지금 살고 있는 아파트가 몇 평 (坪)인지, 자녀의 학교성적이 몇 등(等)인지를 묻는 질문이 빠짐없이 등 장한다.

그런데 우리가 이토록 아파트 평수와 자녀들 성적에 집착하는 이유는 무엇일까. 평수가 커지고 등수가 올라가면 모두 행복해지기라도 하는 걸 까.

'행복은 성적순이 아니다' 라는 말이 있다. 행복은 아파트 평수에 따라 결정되는 것도 아니다. 학교성적이 행복을 보장하지 못하고 아파트 크기가 행복을 보장하지 못한다.

오히려 거주공간이 커질수록 가족 구성원들의 친밀감은 작아지고, 학교성적이 오를수록 봉사정신과 공동체 의식은 내려가기가 십상이다.

비좁은 아파트에서도 오순도순 둘러앉아 사랑을 나누는 게 행복이며, 공부는 그리 잘하지 못해도 친구들과 더불어 순수한 우정을 나누는 게 행복이다. 행여 우리 사회가 이처럼 행복한 이들에게 불행을 부추기고 불평등을 조장하는 건 아닐까.

평등(坪等)사회는 결코 평등(平等)사회가 될 수 없다.

불행은 비교에서 싹튼다

남과 비교하지 마라.
불행은 비교에서 싹트기 때문이다.

내가 남보다 우월하다고 자랑하지 마라.
우월감이 행복이 될 수는 없다.

자랑하는 그 순간,
불행의 씨앗이 싹트기 때문이다.

만일 비교하려거든
남의 단점 대신에 장점을 비교하라.
남의 약점 대신에 강점을 비교하라.

약자에게 교만함을 드러내지 말고
강자에게 비굴함을 드러내지 마라.

약자의 힘이 되어주려고 하고
강자와 맞서 싸울 힘을 길러라.

비교되기 싫거든 비교하지 마라.
그리고 늘 감사하라.

행복은 감사하는 것이지 결코 자랑하는 것이 아니다.

세상에서 가장 행복한 사람

이 세상에는 하고 싶은 일이 있고 할 수 있는 일이 있고 해야 할 일이
있다.

이 세상에서 행복한 사람은 자신이 하고 싶은 일을 하는 사람이다.

그보다 더 행복한 사람은 자신이 하고 싶은 일을 잘 할 줄 아는 사람이
다.

그리고 가장 행복한 사람은 자신이 하고 싶고 할 수 있는 일이 이웃과
사회에 도움이 되는 그런 사람이다.

신화는 인간의 이야기일 뿐이다

신화는 신의 이름을 빌어, 우화는 동물의 이름을 빌어 인간이 지어낸 글이다. 그리고 동화는 어린이의 이름을 빌어 어른이 지어낸 글이다.

그리스 신화는 인간 욕망의 투영이자 은유라고 할 수 있다. 그리스 신화에서 그려지는 성은 방탕하기 이를 데 없고 이야기의 전개는 피비린내 나는 복수혈전이나 다름없다. 여기서는 용서나 화해, 관용의 미덕은 찾아보기 힘들다.

예를 들어, 헤르메스와 아프로디테가 낳은 헤르마프로디토스는 남녀 양성을 지닌 존재이다. 케이론은 인간과 말의 형상을 지닌 반인반수이다. 불세출의 영웅 헤라클레스는 광기에 사로잡혀 부인과 자식들을 살육한다.

이제 신화는 새롭게 쓰여야 하고 새롭게 읽혀야 한다. 우리는 '욕망이라는 이름의 전차'에서 내려 '희망이라는 이름의 전차'로 갈아타야 한다.

우리가 만들어가는 '휴머니즘의 신화'는 신에 대한 이야기가 아니라 인간에 대한 이야기를 담아야 한다. 그리고 그것은 인간의 부끄러운 욕망이 아니라 인간의 소박한 꿈과 희망을 노래하는 신화이어야 한다.

우리가 탄 배는 난파선이 아니라 구조선이다

풍랑과 해일,

한 치 앞을 내다볼 수 없는 어둠,

그리고 어디선가 들려오는 죽음의 절규.

너무 힘겨운 현실이다.

앞이 보이지 않는다.

우리의 목숨도 장담할 수 없다.

그렇다고 눈을 감을 수는 없다.

귀를 막을 수도 없다.

더더욱 마음을 닫을 수는 없다.

죽음의 나락으로 밀려
구원의 손길을 기다리는 이에게
우린 손을 내밀어야 한다.

우리 모두의 바람은 하나다.

죽어가는 생명을 살리는 것.
그리고 생명의 소중함을 되새기는 것.

지금 우리가 탄 배는
난파선이 아니라 구조선이다.

우리가 하지 **말아야** 할 것들

우리가 먹지 말아야 할 회는? 후회.

우리가 신지 말아야 할 신은? 배신.

우리가 젓지 말아야 할 노는? 분노.

우리가 받지 말아야 할 상은? 중상.

우리가 들어가지 말아야 할 방은? 비방.

우리가 올리지 말아야 할 기는? 시기.

우리가 바라보지 말아야 할 해는? 오해.

우리가 키우지 말아야 할 난은? 비난.

우리가 보지 말아야 할 선은? 독선.

우리가 채우지 말아야 할 위는? 비위.

우리가 넘지 말아야 할 산은? 오산.

우리가 뚫지 말아야 할 굴은? 비굴.

우리가 짓지 말아야 할 집은? 아집.

우리가 하지 말아야 할 절은? 좌절.

우리가 마시지 말아야 할 물은? 뇌물.

그렇다면 우리가 마시지 말아야 할 술은? 저주이다.

달인(達人)이란 사물의 이치를 통달했거나 어느 특정한 분야에서 뛰어
난 역량을 지닌 사람을 일컫는다.

요즘 텔레비전에서는 '생활의 달인'이 방영되고 있다. 수십 년간 한 분
야에 종사하면서 열정과 노력으로 달인의 경지에 이른 사람들의 이야기
를 담은 시사교양 프로그램이다. 그야말로 인간냄새가 물씬 풍기는 삶의
현장에서 짙은 휴머니즘을 느끼게 해주는 유익한 방송이라고 할 수 있
다.

종이를 빨리 접는 달인, 포장을 빨리 하는 달인, 야채를 빨리 써는 달인
도 있다. 유리잔이 든 쟁반을 겹겹이 쌓아 머리 위에 올려놓고 내달리는
달인도 있고 눈으로 보지 않고서도 매번 똑같은 양의 초밥을 움켜쥐는

달인도 있다.

세상에는 생활의 달인과는 전혀 종(種)이 다른 추악한 달인들도 있다. 사기의 달인, 싸움의 달인, 욕설의 달인, 투정의 달인, 궤변의 달인…

반면에 아름다운 달인들도 있다. 봉사의 달인, 포용의 달인, 배려의 달인, 선행의 달인, 기부의 달인…

당신은 어떤 달인이 되고 싶은가. 후세에 당신은 어떤 달인으로 기억되고 싶은가.

인생의 '룰'과 '롤'

모든 인생에는 '룰(rule)'과 '롤(role)'이 있다.

누구나 운동할 때에는 경기규칙을 준수해야 하고 운전할 때에는 교통규칙을 준수해야 한다. 자기 마음대로 규칙을 바꿀 수도 없고 규칙을 어겨서도 안 된다.

농구선수가 5번에 걸쳐 반칙을 범하면 퇴장을 당하게 된다. 반칙을 범하는 축구선수에게는 '옐로카드'와 '레드카드'가 준비되어 있다. 그런데도 정해진 규칙을 따르지 않는 이유는 무엇일까. 그건 아무래도 승리에 대한 집착과 상대선수에 대한 배려가 부족해서가 아닐까. 운전자가 교통규칙을 위반하거나 사고를 내는 이유 또한 시간에 대한 강박관념과 다른 운전자에 대한 배려가 부족해서이다.

운동경기에서 부정과 반칙으로 얻은 승리는 값진 승리가 될 수 없다. 인생도 이와 다르지 않다. 불법과 위법, 탈법으로 얻은 지위와 재물은 결코 선망의 대상이나 인생의 목적이 될 수 없다.

우리는 자신에게 주어진 역할 또한 충실하게 수행해야 한다. 마음에 들지 않는다는 이유만으로 그 역할을 저버릴 수는 없다.

그대는 지금 인생이라는 드라마의 '타이틀 롤'을 맡고 있다. 그리고 바로 여기서 그대의 삶과 역사가 이루어지고 있다.

그렇다, 인생의 주인공인 그대가 바로 이 시대의 주인공인 것이다.

지식인의 두 얼굴

영국의 저명한 언론인 폴 존슨은 〈지식인의 두 얼굴〉이라는 저서에서 지식인의 이중성을 신랄하게 파헤쳤다.

〈에밀〉 등의 저서를 통해 교육의 중요성을 역설하고서도 정작 자신이 낳은 자식들을 고아원에 내다버린 장 자크 루소. 노동의 신성함을 주장하면서도 45년 동안이나 자신의 집에서 일하는 가정부를 착취한 카를 마르크스.

〈노인과 바다〉의 작가 어니스트 헤밍웨이는 사실과 진실에 기초한 문학을 표방하면서도 병적일 정도로 거짓말을 일삼았다고 한다. 프랑스의 장 폴 사르트르는 '실존주의는 휴머니즘'이라고 주창하면서도 여성을 인간으로 인정하지 않았다고 한다. 러시아의 대문호 레프 톨스토이는 여성과의 교제를 죄악시하면서도 수시로 사창가를 드나들었다고 한다.

로마 신화에 등장하는 야누스는 두 개의 얼굴을 지닌 신이다. 야누스는 겉과 속이 다르고 앞과 뒤가 다른 이중성을 상징한다.

인터넷에서는 양의 탈을 쓴 늑대들이 활개를 친다. 오래 전에 '익명의 가면을 벗어던지라!' 고 네티즌들을 향해 일갈(一喝)하는 텔레비전의 공익광고를 본 적이 있다.

행여 그대도 위선의 가면을 쓰고 있지는 않는가. 지금 거울 앞에서 두 얼굴의 괴물이 그대를 향해 비열하게 웃음 짓고 있지는 않는가.

하나를 보고 **열**을 안다?

'하나를 보고 열을 안다'는 속담이 있다. 부분만 보고서도 전체를 미루어 안다는 뜻이다. 그런데 정말 하나를 보면 열을 알 수 있는 걸까. 열을 아는 것보다 하나라도 제대로 아는 게 더 중요하지 않을까. 아니, 하나를 아는 것보다 하나에 대해 관심을 갖는 것이 더 중요하지 않을까.

이와는 달리 '나무를 보고 숲을 보지 못한다'는 속담이 있다. 부분만 볼 뿐 전체를 보지 못한다는 뜻이다. 숲에는 수많은 종류의 나무들이 어우러져 있다. 그런데 왜 나무는 보면서 숲을 보지 못한다는 걸까.

모든 사람에게는 타고난 재능이 있다. 어린 나이에 재능을 발휘하는 천재도 있고 늦은 나이에 재능을 발휘하는 늦깎이도 있다.

교육은 모든 사람에게서 각자의 고유한 재능을 끄집어내는 수단이다. '칭찬은 고래도 춤추게 한다'는 말이 있다. 자라나는 청소년에게는 따가운 질책도 필요하지만 따뜻한 격려 또한 필요하다. '너는 할 수 있다'는 자신감이 '우리는 할 수 있다'는 자신감으로 커질 수 있다.

어느 누구도 섣불리 판단해서는 안 된다. 누군가를 판단하기 이전에 이해하려고 노력해야 한다. 이해가 없는 어설픈 판단은 자라나는 새싹을 짓밟는 일이 될 수도 있다.

하나가 여럿이 모여 열이 되고 나무가 여럿이 모여 숲이 된다.

열을 헤아리려고만 하지 말고 하나라도 올바르게 헤아리는 세상이 되면 얼마나 좋을까. 그리고 나무도 보고 숲도 볼 줄 아는 성숙한 사회가 되었으면 좋겠다.

VI

더불어 행복한 세상

나눔이 **행복**이다

'슬픔은 나누면 반이 되고, 기쁨은 나누면 배가 된다' 는 말이 있다.

불어에는 '노블레스 오블리주(noblesse oblige)' 라는 단어가 있다. 사회의 지도층 인사들에게 요구되는 도덕적 의무와 책임을 일컫는다. 대표적인 예로 제2차 포에니전쟁에서 사망한 로마 집정관의 수가 13명이나 되었다고 한다. 로마 원로원의 구성원들이 급감한 이유도 이처럼 전쟁에서 국가를 위해 자신을 희생한 귀족들이 많았기 때문이라는 것이다.

오늘날 노블레스 오블리주는 사회적 갈등과 대립을 해소하고 통합을 일궈낼 수 있는 시대정신으로 간주되고 있다. 또한 노블레스 오블리주는 권리를 주장하기에 앞서 의무를 실천하는 사람들, 자신의 이익에 앞서 사회적 안녕과 공익을 내세우는 사람들의 고귀한 이름이다. 빌 게이츠나

워렌 버핏, 찰스 피니와 같은 인물들은 미국사회뿐 아니라 전 세계에 커다란 감동을 불러일으켰다.

우리에게도 '한국판 노블레스 오블리주'가 있다.

'사랑의 연탄'이 있고 '사랑의 콘서트'가 있다. '사랑의 나눔 잔치'도 있고 '나눔 장터'도 있다. 청소부나 노점상, 야채를 파는 사람들도 아름다운 나눔에 기꺼이 동참하고 있다. 기부천사로 널리 알려진 가수 김장훈, 빈민들을 위한 의료봉사에 앞장선 민병준 박사, 국내입양과 해외봉사에 모범이 된 배우 차인표와 신애라도 있다. 그리고 배고픈 이들과 아픈 이들, 버림받은 이들에게 사랑을 전해주는 '익명의 천사'들도 많다.

베푸는 사람이 진정한 부자이며 함께 나눌 수 있는 사람이 진정 행복한 것이다. 이 세상에 이처럼 아름다운 천사들이 넘쳐난다면 우리가 살고 있는 바로 여기가 천국이 아니겠는가.

남의 불행이 나의 **행복**이 될 수는 없다

인도 우화에 농부에 관한 이야기가 있다. 그 농부는 자신의 논을 부지런히 가꾼 덕에 풍작을 일궈냈다. 그런데 자신의 논 아래 있는 다른 농부의 논도 황금빛으로 물들어 있는 게 아닌가. 그 농부는 자신의 논에서 흘러간 물 덕분에 다른 농부가 이득을 얻은 거라고 생각했다. 그래서 물이 흘러내리지 않도록 둑을 단단히 쌓고 수로를 막아버렸다. 그러자 다음 해에는 고인 물이 썩는 바람에 자신이 심은 벼까지 모두 죽어버리고 말았다. 그 농부는 자신과 이웃이 함께 행복해질 수 있는데도 이웃의 행복을 바라지 않았기 때문에 자신의 행복마저 내버린 꼴이 되고 만 것이다.

영국의 어느 작은 마을에서 주민들을 대상으로 설문조사가 이루어진 적이 있었다. '내가 300만 원을 받고 다른 사람이 450만 원을 받는 경우'와 '내가 150만 원을 받고 다른 사람이 100만 원을 받는 경우' 가운

데 어느 걸 선택하겠느냐는 질문이었다. 그런데 주민들 대부분은 후자, 즉 자신의 급여가 적더라도 남들보다는 조금이라도 더 받기를 원했다고 한다.

자신의 절대적인 소득수준보다 남과 비교한 상대적인 소득수준이 행복과 불행을 가르는 척도가 된다는 조사결과도 있다. 절대적인 자기만족보다 상대적인 우월감에서 행복을 느낀다는 의미일 것이다.

사람들은 다 함께 잘 살 수 있는데도 왜 자신만 더 잘 살기를 원하는 걸까. 남이 행복해야 내 자신도 행복해질 수 있다는 사실을 왜 모르는 걸까.

이기심은 누구에게도 도움이 되지 않는다. 이기적인 인간은 모두를 불행에 이르게 하는 어리석은 인간일 뿐이다.

남의 불행이 나의 행복이라고 착각해서는 안 된다. 남의 불행이 결코 나의 행복이 될 수는 없다.

마음을 열면 세상이 열린다

나는 산책을 즐긴다. 그리고 주변의 것들을 눈여겨보고 귀담아듣는 걸 좋아한다.

새들이 지저귀는 소리도 듣기 좋고 하늘 위를 떠다니는 뭉게구름도 보기 좋다. 살랑살랑 불어대는 산들바람도 좋다.

놀이터에서 들려오는 어린 아이들의 웃음소리도 좋고 소꿉놀이하는 모습도 좋다.

세상은 내가 보는 것 만큼이고 내가 생각하는 것 만큼이다. 그리고 행복은 내가 느끼는 것 만큼이다.

내가 반기면 세상은 내게로 다가온다.

내가 웃으면 세상은 내게 환한 미소로 화답한다.

내가 행복하면 세상도 그만큼 행복해지는 것이다.

마음을 열면 세상이 열린다. 그리고 세상과 내가 하나가 된다.

수레바퀴 아래서

한국에서 가장 사랑받는 외국작가 가운데 헤르만 헤세가 있다. 소설 〈수레바퀴 아래서〉는 자서전이라고 불릴 만큼 헤세의 삶을 반영하고 있다.

이 작품의 주인공 한스는 종교적인 위선과 강압적인 교육, 고루한 사회 규범에 눌려 힘겨운 소년시절을 보낸다. 한스는 출세가 보장되는 신학교에 입학하지만, 인생의 목적과 자아정체성을 둘러싼 질문에서 자유롭지 못하다. 그래서 갈등과 좌절을 경험한 어린 생명은 결국 불행한 삶을 마무리하게 된다.

어쩌면 오늘을 사는 우리 모두는 한스처럼 '수레바퀴 아래서' 힘든 삶의 여정을 살아가고 있는지도 모른다. 우리는 때로 권위적인 기성사회의 무게에 눌리기도 한다. 때로는 주위 사람들의 질시와 미움의 무게에 눌리기도 한다. 때로는 사랑이라는 이름으로 불리는 거대한 감정의 무게에 눌리기도 한다. 그리고 때로는 우리 스스로 이기심의 무게에 눌리기도 한다.

하지만 우리는 수레바퀴 아래 깔린 달팽이가 아니다. 어쩌면 우리는 수레를 끌고 앞으로 나아가야 할 운명을 짊어진 수레바퀴 그 자체인지도 모른다. 고향의 짙은 흙내음을 맡으며, 다른 바퀴와 함께 어우러져, 달그락거리는 가락에 맞춰, 공동의 이상향을 향해 흥겹게 돌아가는 수레바퀴 말이다. 그 수레 위에 꿈과 사랑과 행복을 싣고서.

에어컨보다 더 행복한 부채

옛날에는 부채만 있으면 무더운 여름철을 제법 견딜 수 있었다. 그러다가 언제부턴지 선풍기가 더위를 식혀주게 되었다. 부채보다 바람도 세고 굳이 힘을 쓸 필요도 없었다. 그리고 얼마 지나지 않아 에어컨이 등장했다. 시원한 바람이 방안 전체를 휘감아 돌면서 쾌적한 환경을 만들어주었다.

지금은 아파트에서 부채를 부치는 모습을 찾아보기 힘들다. 사람들은 에어컨 바람에 길들여진 탓에 선풍기를 쐬는 것조차 그리 달갑게 여기지 않는다.

경제학에는 '한계효용 체감의 법칙'이라는 게 있다. 그것은 동일한 재화와 서비스를 소비하거나 향유하면서 느끼는 주관적인 만족도가 시간이 지날수록 점차 감소한다는 법칙이다. 그래서 사람들은 점점 더 자극적인 걸 원하게 되는 건지도 모른다.

사람들은 더 예뻐지기 위해서 성형을 하고 더 멋지게 보이기 위해서 치장을 한다. 점점 더 부유해지기를 원하고 더 풍족해지기를 원한다. 그리고 그걸 행복이라고 믿고 싶어 한다. 하지만 소유함으로써 행복해질 수 있다고 믿는 건 서글픈 환상에 지나지 않는다.

우리가 사는 공간이 커질수록 서로에게서 멀어질 수밖에 없고 우리가 즐기는 쾌락이 커질수록 허무감도 커지기 마련이다. 기대가 크면 실망도 큰 법이고 소유를 많이 하게 하면 걱정도 많아지는 법이다. 그래서 욕심이 적을수록 행복해질 수 있고 소유하지 않을수록 더 행복해질 수 있다는 역설이 가능한 것이다.

나는 물질적인 풍요로움보다 마음의 여유로움이 더 소중하고 문명의 혜택을 즐기기보다 인간의 정취를 느끼는 것이 더 소중하다고 생각한다. 그래서 우리가 사는 세상은 에어컨 바람보다 부채 바람이 더 살맛나는 세상이어야 한다.

따뜻한 시선과 정겨운 대화, 상대방에 대한 관심과 배려, 함께 울고 함께 웃을 수 있는 감정의 공유..

  인생은 혼자 소유함으로써 행복한 것이 아니라 함께 존재함으로써 행
복한 것이다.

우리는 하나다

1997년에 발생한 외환위기 때 국가적 위기상황을 극복하기 위해 모든 국민이 금모으기 운동에 동참했다. 2002년에 개최된 한·일 월드컵에서는 남녀노소를 가리지 않고 모두 거리로 뛰쳐나와 기꺼이 '붉은악마'가 되었다. 그리고 2007년에 충남 태안반도에서 기름유출사고가 발생하자 수많은 자원봉사자들이 기름 제거작업에 발 벗고 나섰다.

우리에게는 삼연(三緣)이라는 게 있다. 혈연과 지연, 학연이 그것이다. 그런데 문제는 이런 연줄이 폐쇄적인 의식과 집단이기주의를 부추겨 왔다는 사실이다. 우리의 끈끈한 정과 공동체의식이 한편으로는 국난극복의 동력이 되기도 했지만, 다른 한편으로는 갈등과 반목의 단초를 제공해 온 것 또한 사실이다.

배타적인 인습에 얽매인 사람들은 이렇게 말한다. "팔은 안으로 굽는다." "우리가 남이가!" "우리 것이 좋은 것이여!"

물론 나도 우리 것이 좋다고 생각한다. 그렇다고 해서 무조건 우리 것이 좋다고 생각하지는 않는다. 또한 남의 것이 무조건 나쁘다고 생각해서도 안 된다.

우리는 눈에 보이지 않는 거대한 장벽을 허물기 위해 함께 노력해야 한다. 그리고 우리의 목을 조이고 있는 연줄을 끊고 사람과 사람 사이를 이어주는 '인간 띠'를 둘러매야 한다.

21세기는 세계화 시대라고 불린다. 진정한 세계화는 각 민족과 문화가 융합하는 다원적인 세계화여야 한다. 그리고 세계화 시대의 민족주의는 '열린 민족주의'를 지향해야 한다.

프랑스 미테랑 대통령은 "나는 프랑스인으로 태어났지만 유럽인으로 죽을 것이다"라고 말했다. "나는 한국인으로 태어났지만 세계인으로 죽을 것이다"라고 말할 수 있는 사람이 과연 몇이나 될까.

우토로 마을을 아시나요

1941년, 조선인 노동자 1800여 명이 교토에 군비행장을 건설하기 위한 목적으로 일제에 의해 강제 동원된다. 그리고 그들은 교토 우토로 51번지에 거처를 마련한다. 하지만 1945년에 일본이 패망하면서 비행장 건설이 중단되고, 그들은 하루아침에 실업자로 전락하고 만다.

한국에 돌아갈 집도 없고 돌아갈 여비가 없는 한인들은 이곳에 정착하게 되지만, 일본 정부와 기업으로부터 어떠한 보상도 받지 못한다. 그리고 1980년대에 들어서야 상수도가 설치될 정도로 열악한 환경에서 살아가게 된다.

그렇게 오랜 세월이 흐른다. 그리고 마을 부지의 소유권을 획득한 서일본식산은 주민 전원에게 퇴거를 요구함과 동시에 교토지방재판소에 소송을 제기한다. 이 소송에서 패소한 우토로 주민들의 항소와 상고는 오사카 고등재판소와 최고재판소에서도 모두 기각되고 만다.

다행스럽게도 우토로 주민들을 돕기 위한 운동이 광범위하게 펼쳐진다. 1989년, 일본의 양심세력을 중심으로 '우토로를 지키는 모임'이 결성된다. 그리고 우토로 국제대책회의도 발족된다.

2005년부터는 15만 명이 넘는 대한민국 국민들이 모금운동에 참여하기에 이른다. 2007년에는 대한민국 국회에서 30억 원을 지원하기로 의결한다. 2008년에 대법원으로부터 무죄판결을 받은 '인혁당 사건'의 유가족들은 국가 배상금 가운데 5천만 원을 우토로 마을에 기부한다.

현재 우토로 마을에는 70여 가구 200여 명의 한국인이 거주하고 있다. 마을 어귀에는 "우토로에서 살아 왔고, 우토로에서 죽으리라!"라는 한글 푯말이 세워져 있다.

우토로 주민회 김교일 회장은 "그동안 아무도 몰라주는 땅, 아무도 구해줄 수 없는 땅, 역사에 기억조차 안 될 땅, 그것이 우토로였다"고 말한다. "하지만 지금 우토로에는 희망과 꿈이 있다"고 덧붙인다. 그의 마지막 말은 지극히 감동적이다. "조국이 있는 한, 우리에게는 무서운 것이 하나도 없다."

우토로 주민들은 조국과 고향을 떠나 머나먼 이국땅에서 힘겨운 삶을 살아왔다. 하지만 단 한 번도 고향과 조국을 잊은 적이 없다. 그리고 마음속에 언제나 조국과 고향을 따뜻하게 품었다.

이제 우리도 그들을 따뜻하게 품어야 한다. 그들의 조국은 대한민국이다. 그리고 그들의 이름은 대한민국 국민이다.

인생은 항해이다

우리는 종종 인생을 항해에 비유하곤 한다.

물 위를 오가는 배의 종류는 무척이나 많다. 나루와 나루 사이를 오가는 나룻배, 돛이 없이 다니는 거룻배, 아주 작은 조각배. 이뿐만이 아니다. 여행객을 태우고 다니는 여객선과 유람선, 화물을 실어 나르는 화물선, 외국과 교역할 물품을 운송하는 무역선도 있다. 그리고 석유를 운반하는 유조선과 석유 탐사를 위한 시추선, 다른 배를 끌고 가는 예인선도 있다. 또한 고기잡이를 하는 어선도 있고 전투를 위한 군함도 있다. 침몰 직전의 난파선도 있고 위험에 처한 생명을 구하는 구조선도 있다.

우리 모두는 인생의 항해사들이다. 폭풍우가 몰아쳐도 파도가 밀려와도 여기서 항해를 포기할 수는 없다. 우리에게는 역경을 헤쳐 나갈 수 있

는 불굴의 의지가 있다. 그리고 함께 항해에 나선 사랑하는 이들의 소망
이 있다.

언젠가 기나긴 항해를 마치고 목적지에 도착하는 날, 우리는 스스로를
자랑스러워하게 될 것이다. 그리고 우리의 여정이 위대한 여정이었다고
말하게 될 것이다.

터널의 **끝**을 지나다

　1963년, 광부로 선발된 한국인 123명이 독일에 첫 발을 내디뎠다. 1966년에는 간호사 1진으로 128명이 독일 땅을 밟았다. 1963년부터 1977년에 이르기까지 2만여 명의 한인 광부와 간호사들이 독일로 건너갔다. 한인 광부들은 섭씨 30도를 넘나드는 지하 막장에서 위험을 무릅쓴 채 구슬땀을 흘렸고, '코리안 엔젤'이라고 불린 한인 간호사들은 궂은 일을 마다하지 않고 억척스럽게 일했다.

　1960년대에 우리나라는 유엔(UN)에 등록된 120여 개 국가 가운데 인도 다음으로 가난한 국가였다. 이 당시에 대한민국의 국민소득은 100달러 정도였는데, 간호사와 광부들이 고국으로 송금한 금액이 연 5천만 달러나 되었다. 이 금액은 우리나라 GNP의 2%에 해당하는 어마어마한 액수였다.

파독 간호사와 광부들은 정말 열심히 일하고 열심히 살았다. 갱도는 막다른 골목이 아니라 새로운 삶을 향해 나가는 터널이었다. 병실에 입원한 환자들은 동양에서 온 천사들의 미소에 큰 위로와 힘을 얻었다. 한인 근로자들은 어둠 속에서, 절망 속에서 그렇게 한 줄기 빛이 되었던 것이다.

간호사나 광부로 일하던 한인들은 지금 대부분 한식당이나 한국식품점, 여행사 등 자영업으로 생계를 영위하고 있다. 의사나 교수, 전문 기술자, 최고 경영자가 된 사람들도 적지 않다. 그들의 자녀들도 독일사회에서 인정받는 인재로 성장했다.

파독 한인들은 자신들의 삶뿐 아니라 자녀들의 삶, 나아가 대한민국의 역사까지도 바꾸어놓았다. 피와 땀과 눈물로 일궈낸 이들의 신화는 번영된 조국에서 인간승리의 정신적 자산으로 길이 남게 될 것이다.

프로크루스테스의 침대

아집과 편견, 독선을 상징하는 의미로 '프로크루스테스의 침대'가 쓰인다. 그리스 신화에 등장하는 프로크루스테스는 아테네 교외 강가에 거처하면서 지나가던 나그네를 반기며 자신의 집으로 초대한다. 그리고 손님을 침대에 눕히고는 손님의 다리가 침대의 길이보다 짧으면 늘여 죽이고 길면 잘라 죽였다. 하지만 결국에는 그 자신이 행했던 똑같은 방식으로 영웅 테세우스에게 죽임을 당한다.

우리는 '내가 하면 로맨스, 남이 하면 스캔들'이라고 믿는 경향이 있다. '내가 하면 투자, 남이 하면 투기', '내가 하면 집념, 남이 하면 집착'이라는 이중 잣대에 길들여져 있다.

자기 눈의 들보는 보지 못하고 남의 눈의 티끌을 홍보하는 꼴이다. 똥 묻은 개가 겨 묻은 개를 나무란다는 속담과도 일맥상통한다.

우리말에서 '오른쪽'과 '옳은 쪽'은 본질적으로 동일한 뿌리를 갖는다. 영어의 'right'도 '오른쪽'이면서 동시에 '옳은 쪽'이 된다. 불어의 'droit'도 '오른쪽'이 '옳은 쪽'이다. 독일어에서도 'recht'는 '오른쪽'과 '옳은 쪽' 모두를 가리킨다. 동서양을 막론하고 예로부터 오른손잡이가 많았기 때문에 '오른쪽'을 '옳은 쪽'이라고 규정했던 것 같다.

그런데 과연 오른손잡이는 옳고 왼손잡이는 틀린 것일까. 그렇지 않다. 왼손잡이는 틀린 게 아니라 오른손잡이와 다른 것뿐이다. 이와 마찬가지로 오른손잡이는 옳은 게 아니라 왼손잡이와 다른 것뿐이다.

우리는 우리의 피부색을 살색이라고 부른다. 하지만 그건 자기중심적인 편협한 사고에 지나지 않는다. 흑인의 살색은 검고 백인의 살색은 희다. 우리의 피부색은 살색이 아니라 살구색이다. 그리고 이것이 바로 가치중립적인 사고인 것이다.

무지개가 아름다운 건 여러 색이 자신의 고유한 빛깔을 유지하면서 함께 어우러지기 때문이다. 차이가 차별을 정당화해서도 안 되며 정당화할 수도 없다. 차이는 인정되고 장려되어야 한다.

차별이 없는 사회, 개성과 다양성이 존중되는 사회가 건강한 사회이고 행복한 사회이다.

행복의 날

달력마다 기념일이 넘쳐난다.

국가나 종교와 관련된 기념일뿐 아니라 가정이나 개인과 관련된 기념일도 많다. 독립을 기념하는 날, 성자(聖者)의 탄생을 기념하는 날, 결혼을 기념하는 날도 있다. 가정의 달 5월에는 어린이날과 어버이날, 부부의 날, 스승의 날, 성년의 날 등이 있다.

요즘 젊은이들 사이에서 유행처럼 번지는 기념일들이 있다.

1월 14일은 서로의 생일이나 기념일들이 적혀진 다이어리를 교환하는 '다이어리 데이' 이다.
2월 14일은 여자가 남자에게 초콜릿을 선물하는 '밸런타인데이' 이고,

3월 14일은 남자가 여자에게 흰 사탕을 선물하는 '화이트 데이' 이다.

4월 14일은 애인이 없는 사람들끼리 모여 자장면을 먹는 '블랙 데이',

5월 14일은 장미꽃을 선물하거나 카레를 먹는 '로즈데이' 혹은 '옐로 데이',

6월 14일은 연인들이 입맞춤을 하는 '키스 데이' 이다.

7월 14일은 자신의 애인을 남들에게 선보이고 은제품을 선물하는 '실버 데이',

8월 14일은 푸르른 자연 속에서 데이트를 즐기는 '그린 데이',

9월 14일은 친구들에게 연인을 소개하고 연인과 함께 사진을 찍는 '포토 데이',

10월 14일은 연인과 와인을 마시며 깊어가는 가을날의 정취를 즐기는 '레드 데이',

11월 14일은 연인과 오렌지 주스를 마시고 함께 영화를 관람하는 '오렌지 데이', '무비 데이' 이다.

그리고 12월 14일에 연인을 꼭 껴안고 겨울날의 추위를 녹이는 '허그 데이' 도 있다.

기념일은 기리고 되새기는 날이다.

매일 매일이 어버이의 날이 되고

매일 매일이 어린이날이 되고

매일 매일이 부부의 날이 되고

매일 매일이 스승의 날이 되면 얼마나 좋을까.

그렇게만 된다면 매일 매일이 행복의 날이 되지 않겠는가.

행복의 조건

눈이 잘 보이지 않는 사람과 다리가 불편한 사람이 있다. 두 사람은 혼자서 어딜 가려고 해도 맘대로 갈 수가 없었다. 그래서 두 사람은 서로를 의지하기로 했다. 다리가 불편한 사람은 방향을 일러주고 눈이 잘 보이지 않는 사람은 힘껏 부축을 했다. 서로가 상대방의 눈이 되고 다리가 되어 준 것이다. 이렇게 해서 두 사람은 함께 어디든 갈 수 있게 되었다.

부부의 행복도 이와 다르지 않다. 결혼은 부족한 사람끼리 만나 서로의 부족함을 채워주는 것이다.

부부의 행복은

서로의 약점을 비난하는 것이 아니라 함께 장점을 찾아가는 것이다.

서로의 무지를 흉보는 것이 아니라 함께 지혜를 쌓아가는 것이다.

서로의 교만을 꼬집는 것이 아니라 함께 겸손의 미덕을 배워가는 것이다.

서로의 아집을 비난하는 것이 아니라 함께 마음을 열어가는 것이다.

서로의 나태함을 질책하는 것이 아니라 함께 열심히 살아가는 것이다.

서로의 과거를 들추는 것이 아니라 함께 미래를 만들어가는 것이다.

어느 누구도 모든 걸 다 가질 수는 없다. 모든 걸 갖는다고 해서 행복해지는 것도 아니다. 그런데 사람들은 모든 걸 다 가지려고 하고, 그럼으로써 행복해질 수 있다고 믿는다. 바로 여기서 불행이 싹트는 것이다.

행복은 물질이나 재물로 된 것이 아니다. 행복은 소유한다고 해서 소유되는 것도 아니다.

부족한 두 사람이 서로를 채워주는 인생이 넘치지도 모자라지도 않는 행복한 인생이다. 그렇기 때문에 서로가 고맙고 사랑스러운 것이 아닐까. 그리고 바로 그것이 행복의 조건은 아닐까.

희망을 쏘다

미국의 언론인이자 사회비평가인 얼 쇼리스는 '희망의 수업'을 창시한 인물이다. 1995년 가을, 그는 거리의 청소년들과 노숙자, 빈민, 에이즈에 걸린 싱글 맘 등, 20여 명을 불러 모은다. 그리고 철학과 예술, 논리와 시, 역사 등과 같은 정규대학 수준의 인문학을 가르치는 클레멘트 코스를 시작한다. 그리고 그로부터 10년 뒤인 2005년 9월, 서울 노원구에서 성프란시스대학이 처음으로 소외계층을 위한 인문학 강좌를 연다.

희망의 인문학은 시민들에 의한, 시민들을 위한 '시민인문학'이다. 그리고 직접 현장에서 뛰며 배우는 '현장인문학'이며 행복한 삶을 함께 만들어가는 '행복인문학'이다.

희망의 인문학이 만들려는 세상은 가난이 부끄럽지 않은 세상이다. 물질적인 풍요로움이 아니라 정신적인 풍요로움이 더 소중한 세상이다.

희망의 인문학은 인문학이 지닌 '치유의 힘'을 믿는다. 그리고 성찰하는 힘, 나를 설명할 수 있는 힘, 소통하는 힘을 키워준다. 또한 스스로 사회적 약자일 수밖에 없었던 조건들에 대해 과거와는 다르게 대응할 수 있는 힘을 길러준다.

여기 희망의 인문학을 수강한 사람들의 증언이 있다. 경기광역자활지원센터에서 인문학강좌를 수강했던 어느 자활근로인은 "인문학을 통해 나의 정체성을 알게 됐다"고 말한다.

최종학력이 초등학교 3년인 어느 수강생은 "지금까지 내가 알지 못했던 나의 잠재력 속에 무한한 지식의 능력이 감추어져 있었다는 것을 글쓰기 연습을 하면서 발견하게 되었다"고 말한다. 그리고 "나는 이 비밀을 찾았다. 인문학을 통해 나의 정체성을 알게 되었고 공부할 수 있는 문이 열린 셈이다"라고 덧붙인다.

경기광역자활지원센터에서 강의한 소설가 임철우 씨는 "나와 그 사람들 사이에 벽은 없었다. 내가 관념으로 쌓아올린 벽이었을 뿐이다"라고 말한다. '노숙인다시서기지원센터' 사회복지사인 이정규 씨는 "누구든

지 노숙인이 될 수 있다. 우리 모두는 잠재적인 노숙인이다"라고 말한다. 신영복 선생은 "인간으로서의 삶과 가치에 대한 자각은 최하층 빈민들보다 더 많은 것을 잃고 있는 바로 우리 자신의 과제이기도 하다"라며 우리 자신을 되돌아보라고 촉구한다.

냉혹한 삶의 현장에서 희망의 인문학을 통해 서로를 존중하고 서로 부대끼며 살아가는 행복을 재발견할 수 있지 않을까 하는 바람을 가져본다.

흑백논리를 넘어서

누군가는 말한다. "세상에는 두 종류의 사람이 있다. 내가 좋아하는 사람과 내가 싫어하는 사람이다." 그렇다면 이건 어떨까. "세상에는 두 종류의 사람이 있다. 나를 좋아하는 사람과 나를 싫어하는 사람이다."

신의 존재에 대해 누군가는 이렇게 말한다. "신은 존재하지 않는다. 왜냐하면 아무도 신의 존재를 증명하지 못했기 때문이다." 하지만 또 다른 사람은 이렇게 말한다. "신은 존재한다. 왜냐하면 아무도 신이 존재하지 않는다고 증명하지 못했기 때문이다."

인류 최초의 우주인이라고 불리는 소련의 유리 가가린은 우주선을 타고 지구를 한 바퀴 돌고나서는 이렇게 말했다고 한다. "지구는 더 없이 아름답다. 그런데 어디서도 신은 보이지 않는다." 반면에 인류 최초로 달에 첫 발을 내디딘 미국의 닐 암스트롱은 이렇게 말했다고 한다. "아름다운 지구를 내려다보며 온 우주에 신의 존재를 느낀다." 가가린이나 암스트롱 모두 신비로운 우주를 체험했지만 그들은 전혀 다른 고백을 남겼다.

미국의 대통령 J. F. 케네디는 이렇게 말한다. "국가가 당신을 위해 무엇을 할 것인가를 묻지 말고, 당신이 국가를 위해 무엇을 할 것인지를 묻기 바란다." 미국 최초의 흑인 대통령 버락 오바마는 이렇게 말한다. "민주당에는 두 부류의 애국자들이 있다. 하나는 이라크 전쟁에 찬성하는 민주당원이고, 다른 하나는 이라크 전쟁에 반대하는 민주당원이다."

대한민국 최초로 우주를 탐험한 이소연 씨를 둘러싼 공방이 벌어진 적이 있다. 일부 네티즌들은 그녀가 우주인이 아니라 우주 관광객이라고 폄하했다. 그녀는 말한다. "저를 우주 관광객이라고 생각하시는 분은 아직도 우주산업이 낙후된 나라에 살고 계시는 거고, 저를 우주인이라고 생각하시는 분은 21세기의 우주시대를 선도하는 자랑스러운 대한민국에 살고 계시는 겁니다."

선과 악의 이분법적인 사고방식은 필연적으로 갈등과 대립을 부추길 수밖에 없다. 상호이해와 평화공존을 담보하기 위해서는 경직된 흑백논리를 넘어서야만 한다.

　남을 설득할 수 있는 사람이 남을 포용할 수 있고, 남을 포용할 수 있는 사람이 남을 설득할 수 있다. 그리고 바로 이런 능력이 21세기의 '생존능력'이 되는 것이다.

행복누리

2010년 8월 25일 초판 인쇄
2010년 8월 30일 초판 발행

지은이 | 김 이 섭
펴낸이 | 이 혜 숙
펴낸곳 | 도서출판 신세림
　　　　100-015 서울특별시 중구 충무로5가 19-9 부성빌딩 702호
　　　　등 록 : 1991년 12월 24일　등록번호 : 제2-1298호
　　　　전 화 : 02-2264-1972　　팩 스 : 02-2264-1973
　　　　E-mail : shinselim72@hanmail.net

정 가 | 10,000원

ISBN 89-5800-100-3, 03810